W0298905

Ella Carina Werner, Katinka Buddenkotte (Hrsg.)

Niemand hat die Absicht, ein Matriarchat zu errichten

SATYR
VERLAG

ELLA CARINA WERNER
KATINKA BUDDENKOTTE
(HRSG.)

NIEMAND HAT DIE ABSICHT, EIN **MATRIARCHAT** ZU ERRICHTEN

KOMISCHE TEXTE UND CARTOONS VON FRAUEN

Die Arbeit an diesem Buch wurde gefördert durch ein »Auf geht's«-Stipendium des Landes Nordrhein-Westfalen.

2. Auflage Oktober 2022

© Satyr Verlag Volker Surmann, Berlin 2022
www.satyr-verlag.de

Cover: Katharina Greve, Berlin
Korrektorat: Jan Freunscht
Druck und Bindung: CPI Books, Leck
Printed in Germany

Der Druck dieses Buches erfolgte CO2-neutral auf FSC-zertifiziertem Papier, die Kaschierfolie des Covers ist kompostierbar, auf das einzelne Einschweißen des Buches wurde verzichtet.

Die Deutsche Nationalbibliothek verzeichnet diese Publikation in der Deutschen Nationalbibliografie; detaillierte bibliografische Daten sind im Internet abrufbar über: http://dnb.d-nb.de

Die Marke »Satyr Verlag« ist eingetragen auf den Verlagsgründer Peter Maassen.

ISBN: 978-3-947106-85-1

Inhalt

Vorwort

Gab man noch vor zehn Jahren bei Google den Suchbegriff »Humoristinnen« ein, kam die höfliche Rückfrage: »Meinten Sie: Humanistinnen?« Und wenn man »Satirikerinnen« eintippte, versuchte die Suchmaschine, auf die Sprünge zu helfen: »Meinten Sie: Stripperinnen?« – Ja, unbedarft und ignorant, diese Computerjungs aus dem Silicon Valley, die Sache offenbarte aber auch ein Stück Realität: Noch bis ins 21. Jahrhundert hinein waren komisch schreibende und zeichnende Frauen eine winzige Minderheit, ja wies die Branche eine Frauenquote auf, »wie sie nicht einmal mehr auf Hochseebohrinseln und bei Gewichthebermeisterschaften existieren dürfte«, wie Robert Gernhardt und Klaus Cäsar Zehrer in einer Anthologie resümierten.[1]

So wenige Frauen erschufen Komik, dass der US-amerikanische Journalist Christopher Hitchens noch 2007 fast unwidersprochen heraustrompeten konnte: »Women aren't funny«, und in der Satirezeitschrift »Titanic« noch in den Zehnerjahren »Zweifel an der geschlechtsunabhängigen Gleichbegabung auf komischem Gebiet« laut wurden.[2] All dies flankiert von Erklärungen meist männlicher Experten, wie die, dass Frauen für richtig steile Pointen nun mal das

1 Robert Gernhardt, Klaus Cäsar Zehrer (Hrsg.): *Hell und Schnell. 555 komische Gedichte aus 5 Jahrhunderten*. S. Fischer 2004.

2 Heft 12/2011.

nötige Testosteron fehle[3] – Statements voller Komik der eher unfreiwilligen Art.

Die Gründe, warum es lange Zeit kaum Humoristinnen gab, sind natürlich ganz andere. Sie sind hausgemacht. Und zwar alle. Zum einen war (oder: ist?) die Humorbranche eine Brutstätte der Vetternwirtschaft. Die bereits verstorbene Hamburger Satirikerin Fanny Müller beschrieb die Szene exemplarisch als »fest gefügte[n] Haufen von Männern«, die »schnell jemanden wegbeißen. Ich bin da nur reingekommen, weil ich wenig Ehrgeiz habe und mal wieder eine Alibifrau fällig war.«[4]

Zudem wurde das, was an Spaßmacherinnen bereits existent war, gern großzügig übersehen. Beispielhaft hier das berühmte Komikerduo Karl Valentin/Liesl Karlstadt, das vor 100 Jahren sämtliche Sketche gemeinsam entwickelte, doch nur »das Genie« Valentin sahnte den Ruhm ab, während Karlstadt als namenlose »Partnerin« unterging und erst heute wiederentdeckt wird.

Des Weiteren, und vielleicht vor allem, vertrug sich das Witzemachen über Jahrhunderte nicht mit dem etablierten Frauenbild. »Späße und Drollerien stehen dem Fräulein nicht an«, brachte es ein Benimm-Buch in der frühen BRD auf den Punkt. Wagte man es doch, galt man wenig schmeichelhaft als »Ulknudel«. Noch heute existiert eine Art »Gender Humor Gap«, wie eine aktuelle US-amerikanische Studie zeigt: Erzählen Menschen verschiedenen Geschlechts vor einer Gruppe von Testpersonen ein und denselben Witz, wird er aus männlichem Munde eher als witzig, aus weiblichem

---

3 »Ein richtig guter Witz braucht Testosteron.« www.welt.de, 2.2.2008.

4 Fanny Müller: *Auf Dauer seh ich keine Zukunft. Tagebuch einer Frau aus gewöhnlichem Hause.* Edition Tiamat: 2008.

als nervig empfunden. Und noch immer gibt es Verlage und Literaturagenturen, die Autorinnen nahelegen, auf allzu aggressive Pointen zu verzichten und sich stattdessen dem sanften, selbstironischen Wohlfühlhumor zu verschreiben. Wen wundert es da, dass der Glaube grassiert, es gäbe einen spezifisch »weiblichen Humor« = versöhnlich und unpolitisch. Und wen wundert es weiterhin, dass sich komische Frauen lange Zeit eher auf Nebenpfaden bewegten, etwa lustige Kinderbücher verfassten, wie Astrid Lindgren oder Christine Nöstlinger.

Zum Glück konnten wir Herausgeberinnen, als wir mit dem Schreiben um die Jahrtausendwende begannen, bereits auf ein paar fantastische Vorbilder zurückgreifen. Die frühen Romane von Sibylle Berg, Sue Townsend und Karen Duve oder die Cartoons der legendären Marie Marcks waren für uns eine Offenbarung und haben unser Humorverständnis geprägt. Kommt jetzt also das Jahrhundert der Humoristinnen?

Die Ausgangslage ist dafür jedenfalls bestens. Zwar gibt es keinen »weiblichen Humor«, wohl aber weibliche Erfahrungswelten, die auf dem Feld der Komik noch eher unbeackert sind und prima Pointenmaterial bieten: von den Tücken des Wochenbetts über die Beschaffenheit von Frauenunterhosen bis hin zu Tricks, wie man beziehungsweise frau sich mühelos aus prekären Arbeitsverhältnissen stiehlt. All diese Themen finden sich in diesem Buch versammelt, flankiert von den schönsten Unisex-Sujets wie der Vermeidung von Freizeitsport oder grotesken Bestattungsritualen von Haustieren, wobei es den Autorinnen selbst überlassen blieb, das *-Sternchen zu verwenden oder darauf zu verzichten. Es sind 33 Texte von 26 deutschsprachigen Autorinnen, von autobiografisch bis erflunkert, von sachte-subversiv bis voll auf die Zwölf – komplementiert durch 30 Cartoons von sieben wunderbaren Cartoonistinnen, weil Text- und Bildwitze am Ende zusammengehören und in diesem Buch miteinander verschmelzen mögen, zu einem bunten Kompendium zeitgenössischer weiblicher Komik.

Viel Spaß beim Lesen!

Katinka Buddenkotte und Ella Carina Werner

Alpaka-Spaziergang

Sandra Da Vina

Ich habe einen Gutschein für einen Alpaka-Spaziergang zum Geburtstag geschenkt bekommen. »Da musste ich sofort an dich denken«, sagt die Schenkende. Und ich bin froh, dass sie nicht bei was anderem an mich gedacht hat, zum Beispiel bei einem Liter Lampenöl oder einer Fußmatte mit einem witzigen Spruch darauf. Da bin ich noch ziemlich gut weggekommen mit meinem Alpaka-Spaziergang.

Ich bin eigentlich kein Mensch, der sich für das Spazierengehen interessiert. Dieses ziellose Herumgewatschel widerstrebt mir einfach. Aber mit Alpakas ist ja alles besser. Alpakas werten jede langweilige Aktivität entscheidend auf. »Steuererklärung mit Alpakas«, »Darmspiegelung mit Alpakas«, »Wohnung streichen mit Alpakas« – alles solide Jochen-Schweizer-Geschenkgutscheine.

Ich kann also nicht abstreiten, dass ich einigermaßen aufgeregt bin.

Es folgen drei Nächte schlechten Schlafes, in denen ich mich in unruhiger Vorfreude auf dem Matratzenlager hin und her wälze. Es fällt mir grundsätzlich schwer, im Vorfeld großer Ereignisse emotional stabil zu bleiben, meistens male ich mir das Geschehen bereits sehr blumig aus und belade es mit allerlei Erwartungen, die von der Realität nur enttäuscht werden können. Mein Tag mit den Alpakas ist der erwartungsvollste Termin seit Langem.

Wer jetzt sagt: »Was bitte ist ein Alpaka?«, dem oder der sei geholfen: Ein Alpaka ist eine Mischung aus einem bescheuerten Pferd und einem Pudel. Wenn man ein Alpaka sieht, denkt man sofort: »Nein, der Mensch ist nicht die Krone der Schöpfung! Das Alpaka ist die Krone der Schöpfung.« Das Alpaka besteht zu 30 Prozent aus Wolle und zu 70 Prozent aus Augen. Es hat relativ kurze Beine, aber trotzdem sollte man es nicht als Couchtisch benutzen. Die Superkräfte des Alpakas sindt Flauschigsein, Essen und Wegrennen. Mehr braucht man über diese Tiere nicht zu wissen.

Im Grunde ist so ein Alpaka-Spaziergang genau, wie man sich das vorstellt: superlächerlich und wunderschön. Ich reise also am frühen Vormittag mit dem Bus bis zum Waldgebiet Rönnsberger-Schnutzelfingen[5], in meinem Rucksack drei Capri-Sonnen, ein Etui mit Blasenpflastern und ein sorgfältig eingepacktes Gastgeschenk, mit dem ich das Alpaka zu begeistern gedenke: ein Bildband über die 30 besten Wanderrouten im östlichen Sauerland, eingeschlagen in drei Lagen Backpapier. Dazu eine gute Handvoll frisches Wiesengras, das ich vor Morgengrauen aus dem Nachbargarten der Rödelmanns rupfe, weil es nun mal das beste Gras der Stadt ist, immerhin wässert Herr Rödelmann den Rasen jeden Sonntag mit einer Kiste Gerolsteiner Medium.

Ich halte mich für vorbereitet und mittelgut aussehend, so habe ich mich am Morgen sogar für das Tragen einer Multifunktionshose entschieden, die mir im Kniebereich allerlei erfreuliche Möglichkeiten bietet, Campinggeschirr und ein Wurfzelt zu verstauen. Bei meiner Ankunft treffe ich auf eine Gruppe Gleichgesinnter, zehn weitere Alpaka-

---

5 Name von der Redaktion geändert.

Spaziergänger*innen, die mich mit einem freudigen »Hallo« in Empfang nehmen. Ich entscheide mich für das Grußwort »Salut« und ernte dafür reichlich Anerkennung.

Der Alpaka-Besitzer und Spaziergangsvorsitzende heißt Uwe, und ich beschließe, ihm das nicht übel zu nehmen. Er trägt einen Hut, der ihn aussehen lässt wie einen echten Abenteurer, und zwar derart, dass ich sofort das Bedürfnis verspüre, ihn zu fragen, wie man sich verhalten sollte, wenn man beim Inlineskaten von einem Bären angegriffen wird, ein Szenario, über das ich schon sehr oft nachgedacht habe. Aber bevor ich ihn fragen kann, sagt Uwe bereits: »Na, dann wollen wir mal!« Und wir wollen tatsächlich.

Das Alpaka, das mir zugeteilt wird, heißt Manuela und hat eine schöne Frisur. Manuela ist übellaunig. Es scheint, als könnte sie sich selbst nicht als die Gottheit begreifen, die sie nun einmal ist, das mächtigste und prächtigste Tier auf diesem Planeten. Oder sie teilt einfach nur meine Aversion gegen Spaziergänge jeglicher Art. Sie ignoriert meine Höflichkeiten, verschmäht sogar Rödelmanns Premiumgras und entscheidet sich schließlich dafür, lieber den Sauerland-Bildband zu essen. Während sie kaut, wirft sie mir Blicke der Verachtung zu. Uwe versichert mir glaubwürdig, dass das nichts mit mir zu tun habe. »Gladbach hat gestern scheiße gespielt«, sagt er. Und ich nicke verständnisvoll.

Es stellt sich heraus, dass ein Alpaka-Spaziergang bedeutet, dass man spazieren geht. Wir bewegen uns also in Zweierreihen, je ein Mensch und ein Alpaka, westwärts durch ein frisch gedüngtes Rübenfeld. Jetzt wären Gummistiefel sehr praktisch, stelle ich fest. Gleichzeitig gratuliere ich mir zu meiner Entscheidung, am Morgen mithilfe von zwei ausgeleierten Haargummis ein Paar Mülltüten um meine Füße zu schnallen, sodass ich erst nach achthundert Metern über nasse Socken klage.

Manuela ist sehr gemütlich unterwegs, also bilden wir das Schlusslicht der Gruppe. Vor uns läuft ein Mann, der zunächst zehn Minuten darüber kichert, dass sein Alpaka genauso heißt wie er, nämlich Bernd. Der Mensch-Bernd redet sehr laut und versucht, seinen Alpaka-Bernd zu beeindrucken, indem er Songtexte von *Unheilig* zitiert. Er gibt außerdem zu Protokoll, dass er als Kind an mindestens zwei Donnerstagen im Februar Keyboard-Unterricht bekommen hat und mit 16 einmal fast Mofa gefahren wäre. Schnell entsteht zwischen den beiden so etwas wie Freundschaft. Ich kann spüren, dass die Bernds nur noch wenige Minuten davon entfernt sind, einen gemeinsamen Dänemark-Urlaub zu planen.

Manuela und ich schweigen uns an. In der Stille unserer Wortlosigkeit hört man das Campinggeschirr an meinen Knien klimpern. Ich habe mir das anders vorgestellt. Ich dachte, das wird etwas Festes. Manuela und ich treffen uns ab jetzt regelmäßig, unter der Woche oder auch außerhalb des beruflichen Kontextes. Man tauscht sich aus über die richtige Zubereitung von Tessiner Kastaniensuppe und schickt sich zu besonderen Anlässen lustige Grußkarten, die einen im genau richtigen Maße schmunzeln lassen. Gerne auch was mit der Diddl-Maus, ich bin da open-minded.

Aber es kommt anders: Manuela und ich, wir können uns nicht leiden. Diese Erkenntnis trifft mich mit voller Wucht, und in meiner Brust echot schmerzhaft das Gefühl einer großen Zurückweisung. Schließlich entscheidet Alpaka-Manuela sich dazu, dass sie an mir und dieser gesamten Veranstaltung nicht mehr teilnehmen möchte. Sie reißt sich los und hechtet mit einem großen Sprung mitten hinein in das Rübenfeld. Wir sehen sie mit dem durchschnittlichen Schrittmaß eines ausgewachsenen Gepardenweibchens gen Zuhause eilen.

»Keine Angst, die kennt den Weg«, erklärt Uwe. Und ich denke: »Ja, ich aber nicht.« Die nächsten zwei Stunden laufe ich also allein hinter der Mensch-Alpaka-Gruppe her und wünsche mir, dass mich ein Bär anfällt. Wir überqueren mehrere Bachläufe, erklimmen einen Berg, von dem aus man bis nach Ursbach-Wörninger[6] blicken kann, und durchwandern schließlich eine Tropfsteinhöhle. Auf halber Strecke machen wir ein Gruppenfoto, auf dem ich sehr schwitze und Uwe tröstend meine Hand hält.

Als wir nach einer gefühlten Ewigkeit wieder an unseren Ausgangspunkt zurückkehren, habe ich den längsten Spaziergang meines Lebens gemacht. Meine Füße schmerzen, in den Taschen meiner Multifunktionshose wohnen eine Ameisenfamilie und ein Schwarm geschlechtsreifer Wellensittiche, mein Gesicht ist von Sonne und Wind zerfurcht.

Drüben, auf der Wiese an der Bundesstraße, steht Manuela und grast gemütlich. Ich glaube, sie hatte einen schönen Tag. Wer so viele Gutscheine für »Menschen-Spaziergänge« bekommt, hat sich auch mal eine Pause verdient.

Und ich mach demnächst wieder alles ohne Alpakas, da muss man durch. Auch wenn es hart ist.

---

6 Name von der Redaktion geändert.

Kittihawk

Ebay-Jäckchen

Kirsten Fuchs

Es regnet. Nuffelmutti_87 steht am Briefkasten. Der Briefkasten vorm Haus steht an einer stark befahrenen Fernfahrerstrecke zwischen einer Fabrik für Hundefutter und einem Tierheim.

Nuffelmutti_87 wird von den vorbeifahrenden Lkw nassgespritzt. Sie bleibt stehen. Auch das Postauto fährt an ihr vorbei. Nuffelmutti_87 weint. Doch im Regen kann man die Tränen nicht sehen.

Jetzt beginnt es zu hageln. Aus dem Haus dringen schrille Schreie. »Mama, Mama!« Ein etwa zweijähriges Kind. »Mama, mir ist so kalt!«

Nuffelmutti_87 schüttelt traurig den Kopf. Was für eine Welt! »Ernst Theophil, wickel dich in die Zeitung! Die Jacke ist noch nicht angekommen! Mama bleibt hier und wartet.«

Ich erwache schreiend. Vom wirren Traum geschwächt, robbe ich schnell zum Schreibtisch und fahre den Laptop hoch. Da, wieder eine E-Mail. Nuffelmutti_87. Auch heute keine Sendung, schreibt sie.

Es ist Sonntag. Sonntags bekommt niemand Post in Deutschland. Ich schreibe ihr das. Sie schreibt nicht zurück.

Sie macht mich fertig. Seit vier Tagen schreibt sie mir jeden Tag, wo das Jäckchen bleibt, das sie vor sieben Tagen ersteigert hat. Vor zwei Tagen habe ich es erst geschafft, die kleine Jacke in das kleine Briefkuvert zu stecken und kleine

Klämmerchen durch das Kuvert zu zwacken. Ich habe ihre Adresse draufgeschrieben: »Sanne Weihnachtsmann, In den grünen Tannauen 1, Am Oberulm, Landkreis Großüberreagier«. Dann habe ich »Warensendung« draufgeschrieben, und ab ging die Post.

Ab dem Tag, wo Nuffelmutti_87 das kleine graue Jäckchen für 1,50 Euro ersteigerte, schrieb sie mir jeden Tag. Sie habe überwiesen. Ich solle bitte den Empfang des Geldes bestätigen. Ob das Geld drauf sei.

Ob das Geld drauf sei. Das Geld müsste doch jetzt drauf sein.

Ich antwortete jedes Mal freundlich.

Als das Geld auf meinem Konto war, bestätigte ich den Erhalt der 1,50 Euro plus 2,40 Euro Versand.

Dann fragte sie, ob ich abgeschickt habe, und einen Tag später schickte ich ab. Zusammen mit anderen Ebay-Päckchen. Ich hatte mich für einen Warenversand entschieden. Das kostete nur 1,90 Euro.

Einen Tag später fragt sie, wann *genau* ich die Jacke abgeschickt habe.

Am nächsten Tag teilt sie mir mit, dass die Jacke noch nicht da sei.

Am übernächsten Tag fragt sie noch einmal, warum das so lange dauere. Ein Päckchen würde doch nur ein bis zwei Tage brauchen.

Ich habe das Jäckchen allerdings als Warensendung verschickt, schreibe ich. Das mache ich so, wenn ich mir nicht sicher bin, ob ich es für 1,90 Euro verschickt bekomme. Dann schreibe ich bei Ebay 2,40 Euro Versandkosten und überweise dann zurück.

Ab da bricht es aus ihr heraus. All die Enttäuschungen aus

all den letzten 35 Jahren, die sie nun auf ihrem Buckel hat: der Frust einer schwierigen Geburt in Steißlage, das ganze hässliche Sabbern in den ersten Lebensjahren, die angeekelten Gesichter selbst naher Verwandter bei dem wimmernden Versuch, sie zu küssen, die ewig in Herzhöhe nass gesabberten Hemdchen, unter denen sich das kleine Herz verkühlte, die harten Kanten an den Tischen im nicht kindgerecht eingerichteten Kindergarten Am Oberulm, Region Großüberreagier, die schlechten Noten in Nadelarbeit, bedingt durch die falsch herum angewachsenen Hände, der Junge, der nicht bereit war, für sage und schreibe 5.000 Mark, die der Onkel hatte springen lassen, mit der Klassenkameradin Sanne Weihnachtsmann zum Abschlussball zu gehen. Die teure künstliche Befruchtung, die harte mehrwöchige Geburt von Ernst Theophil ...

Und nach all dem ... noch diese Frau bei Ebay, die eine Jacke für 1,50 Euro nicht wie abgemacht im versicherten Versand für 2,40 Euro, sondern im unversicherten Warenversand für 1,90 Euro verschickte.

Nuffelmutti_87 schreibt, das sei arg hinterlistige Täuschung von mir.

Sie hat mich durchschaut. Seit Jahren plane ich diesen Coup. Einmal bei Ebay 50 Cent erschleichen und dann nach Saint-Tropez abhauen, dort ein Schloss bauen lassen und in den restlichen drei Cent in einer goldenen Badewanne baden.

Nuffelmutti weint seit diesem Tag eigentlich durchgängig. Was für eine Welt! So ein armes kleines Kind ohne Jacke zu lassen. Ihre letzten 50 Cent hat sie dafür gegeben, dass das Herbstjäckchen versichert ist, denn wenn es in den Wirren der Post wegkäme ... – nicht auszudenken!

Ich schreibe, dass ich alles zurücküberweise, die 1,50 Euro

und die 2,40 Euro Versand, wenn das Jäckchen nicht ankommt, und dass ich die 50 Cent zurücküberweise, wenn das Jäckchen endlich ankommt.

Alles wird gut, schreibe ich in Großbuchstaben.

Die Frau windet sich wie ein Wurm, den man mit Zitronensäure beträufelt hat.

»Alles wird gut« ist am Oberulm verboten. Das sagt man nicht. Dafür bekommen kleine Kinder aufs Mündchen gepatscht. Nichts wird gut. So heißt das hier. Hier ist alles anders. Oh nein, oh nein, der Herbst ist da, singen die Kinder. Bruder Jakob, Bruder Jakob, bist du schon tot? Und all die anderen Lieder. Und nicht zu vergessen: Kommt kein Vogel geflogen, setzt sich nicht nieder auf meinen Fuß, hat keinen Zettel im Schnabel, von der Mutter keinen Gruß.

Der Ort, aus dem sie kommt, ist ein besonderer Ort. Auf dem Rahmenplan stehen andere Fächer. Geiz, Verzweiflung, Krümelkackerei, waschen, bügeln, Versicherungen, e-mailen, Ungeduld, weinen, stricken, Religion, Geschlechtsverkehr abwenden und überall zuwachsen.

Diese armen Mütter, diese armen, armen Mütter dort. Und deren Mütter haben ihnen noch gesagt: Kauft nicht bei Leuten aus Berlin. Die sind ganz anders als wir. Die wollen alles nicht engstirnig sehen. Die wollen das nicht wichtig finden, was wir wichtig finden. Die wollen sich nicht streiten.

Bevor ich vorschnell urteile, recherchiere ich ein bisschen zu Am Oberulm, Landkreis Großüberreagier.

Bei Wikipedia steht, dass es einen besonderen Brauch im gesamten Raum Großüberreagier gibt. Der Brauch heißt Herbstjäckchenkaufen. Es geht bei diesem Brauch darum, für die Sünden der Vorfahren zu büßen. Vor allem die Kinder sollen büßen. Dazu bestellt man im zweiten Herbst des ersten Kindes ein billiges Jäckchen bei Ebay, am besten als Warenversand, denn dann dauert's ewig, bis es ankommt. Ab der Bestellung legt man das Kind nackt auf den kalten Fußboden im Bad und wartet nun draußen am Briefkasten auf die Bestellung. Dort hat man zu weinen und zu kreischen. Einmal am Tag gehe man aber ins Haus und frage den Verkäufer des Herbstjäckchens irgendetwas. Die Zeit der Gängelei beginnt, denn auch der Verkäufer soll büßen für die Sünden seiner Vorfahren. Das Warten macht angeblich frommer, das Gängeln bringt alles Schlechte aus den Bewohnern des Kreises Großüberreagier heraus – zu jemand anderem hin.

Das Kind soll im Übrigen so lange nackt bleiben, bis das Herbstjäckchen da ist. Nur so lernt es Werte. Es soll warm von kalt unterscheiden. Arm von reich. Wenn man dem Kind das Jäckchen dann anzieht, so habe man zu sagen: So merk es dir, und tue dies in aller Liebe auch deinem Kinde. Dann bewerte man den Ebay-Verkäufer übelst schlecht und kratze sich an einer Warze.

In dieser Nacht träume ich davon, wie überall in Am Oberulm die Mütter an den Briefkästen stehen, bei Sturm und Nebel, trotz Hunger und vollen Darmes. Aus den Häusern das Weinen der Kinder.

Am nächsten Morgen wieder eine E-Mail. Die Jacke sei noch nicht da. Es ist der 3. Oktober. Feiertag in ganz Deutschland. Niemand bekommt Post.

Ich antworte nicht.

Ich reibe meine 50 Cent blank und kichere.

Katharina Greve

Dieser eine unromantische Text

Victoria Helene Bergemann

ich war schon mal zufrieden, ich war schon mal allein
ich bin schon mal geblieben, aber wollte da nicht sein
ich bin schon mitgegangen, und später dann gekommen
und manchmal kam ich nicht, ich wurde nur genommen
ich traf mal einen Fremden, und einmal einen Freund
ich wollte was beenden, ich habe was bereut
ich war einmal verliebt, das war das Allerschlimmste
ich hatte es verdient, weil ich es mir so wünschte

Verliebt sein ist so schlimm. Du gehst los und triffst eine Person, die du noch nie im Leben gesehen hast, und kurze Zeit später willst du eigentlich immer nur die Person sehen. Das ist doch krank und lebensmüde. Man weiß ja gar nichts über die. Was, wenn das jemand ist, der schon mal ein Kettensägen-Massaker begangen hat oder einen Taschendiebstahl oder der sein Klopapier zur Wand hin abrollt? Laut irgendeiner Statistik sind nämlich die Hälfte aller Verliebten kriminell ... und sogar ansteckend. Ich kannte mal eine, die hatte sich in eine andere verliebt, und nach einiger Zeit war die dann auch verliebt. Und Kinder von Verliebten sind oft früher oder später auch plötzlich verliebt.

Und dann ist immer gleich alles so romantisch. Meine Güte, wenn ich einen Romantisch will, dann schaue ich mir in der Buchhandlung die Auslagen an.

In Serien stellen Leute ja oft so ultraviele Kerzen in ihrem Schlafzimmer auf, damit es so richtig romantisch ist. Aber ich finde das überhaupt nicht romantisch, ich finde das gefährlich. Die Leute entkleiden sich gegenseitig, es werden Anziehklamotten geworfen, und dann fällt ein Baumwollschlüpper in eine brennende Kerze, sofort fängt auch die Pelzmütze und des einen Holzbein Feuer, ein Feuerwehrmann platzt rein, als man gerade so richtig bei der Sache ist, und allen ist das total peinlich, und dann brennt es auch noch bei den Nachbarn, und dann muss man nackt rausrennen, und draußen stehen schon Schaulustige und machen dann Witze darüber, dass deine Brüste so unterschiedlich aussehen. Also da kann man sagen, was man will, aber romantisch ist für mich was anderes. Weiß auch nicht, was daran romantisch sein soll, sich im Regen zu küssen. Das ist arschkalt, und einzelne Regentropfen fallen einem in den Nacken, und hinterher hat sicherlich irgendwer eine Blasenentzündung, die mehrere Wochen voll starker Schmerzen mit sich bringt, bis man schlussendlich in der Notaufnahme landet und die Ärztinnen einen zur Untersuchung ausziehen und Witze darüber machen, dass deine Brüste so unterschiedlich aussehen. Find ich nicht romantisch, muss ich ganz ehrlich sagen.

Oder auf einem grünen Hügel sitzen und den Sonnenuntergang beobachten. Äh, das ist doch nicht romantisch. Das bedeutet doch, dass es gleich dunkel wird, und auf diesem Scheißhügel brennt bestimmt nirgendwo Licht, und möglicherweise kommt dann ein Wildschwein aus dem Busch und rennt euch um, und dann liegt ihr da unten, und einer hat sich das Genick gebrochen, und der andere weint, und der Krankenwagen kann nun mal nicht in ein winziges Tal unter einem Hügel fahren, und dann sind alle tot. Das ist vielleicht nur meine Meinung, aber romantisch finde ich das nicht.

Oder Sex am Strand. Wisst ihr, was am Strand rumliegt? Richtig viel Sand und eingegrabene Kippenstummel und die Kleinkinder von irgendwelchen Leuten, und wenn man sich dann darin rumrekelt, dann klemmt sich das in alle Körperritzen, und das zieht meistens noch jahrelang operative Eingriffe nach sich. Ich weiß, wovon ich spreche, ich hatte mal Sex am Strand, und hinterher musste mir der Blinddarm entfernt werden.

Und am schlimmsten ist es ja, wenn es bei anderen Leuten romantisch zugeht. So eklig auch, wenn andere Leute Sex haben. Erst letztens war es im Nebenzimmer wieder so weit. Ich hab natürlich sofort das Hotel verklagt.

Wenn ich mir die schon beim Intimaustauch anhören muss, will ich wenigstens die Namen der Kinder aussuchen, die dabei möglicherweise gezeugt werden: Mir passiert das nicht selten, also wundert euch nicht, wenn in ein paar Jahren ganz viele Mechthilds und Fürchteingos durch die Gegend laufen.

Und das hat überhaupt nichts mit meiner eigenen sexuellen Situation zu tun.

Ich komme eigentlich nie. Aber ich sag auch immer vorher ab. Das hab ich so in der Verkehrserziehung gelernt. Auffällig dabei ist nur, wie erschreckend oft das Männern dann egal ist. Ich hab die ersten drei Jahre meines aktiven Sexuallebens gedacht, dass ein Orgasmus bei Frauen so was ist wie der Weihnachtsmann, Einhörner oder Rassismus gegen Weiße. Dass sich das halt irgendwer mal ausgedacht hat, aber eigentlich alle wissen, dass es das gar nicht gibt. Und dann hat mir eine ältere Freundin erzählt, bei ihr wäre das 15 Jahre lang so gewesen.

15 Jahre! In der Zeit werden Babys, die gezeugt werden, selbst zu Leuten, die zeugen können!

Na ja, aber meine Abneigung gegenüber Verliebten hat wirklich nichts mit dieser Situation zu tun.

Ich hab das ja alles schon durch.

ich war schon mal zufrieden, ich war schon mal allein
ich bin schon mal geblieben, aber wollte da nicht sein
ich war einmal verliebt, das war das allerschlimmste
ich hatte es verdient, weil ich es mir so wünschte

Und verliebt sein – wie das immer endet. Das Ende ist das Schlimmste. Da bist du jahrelang verliebt ineinander, und plötzlich kommt noch jemand, den ihr beide noch nie gesehen habt, und dann sagt einer: »Nee, ich bin jetzt doch eher in die verliebt, tschüssi.« Oder man kullert gemeinsam einen Hügel hinab, um einer Wildschweinattacke zu entkommen, und dann sind alle tot.

Also man kann dem Verliebtsein vieles nachsagen, aber romantisch ist das nicht.

Ich finde diesen Text überhaupt nicht romantisch, ich finde ihn enttäuschend. Ich meine, den liest man sich durch, und hinterher denkt man, dass es sich gar nicht mehr zu daten lohnt, und dann sitzt man jeden Abend allein zu Hause und fängt an, wütende Leserbriefe an die Lokalzeitung zu schreiben, weil der neue Pfarrer zusammengewachsene Augenbrauen hat, oder man wird teleshoppingsüchtig, und dann stirbt man. Das ist vielleicht tragisch oder seltsam oder blöd, aber romantisch ist das sicher nicht.

Also verliebt euch lieber. Es hilft ja nichts. Ich meine, ja, vielleicht kriegt ihr dann eine Blasenentzündung oder brecht euch das Genick oder verbrennt in eurem eigenen Schlafzimmer, aber immer noch besser, als teleshoppingsüchtig zu sterben. Verliebt sein ist die schlechteste Art zu leben, mit Ausnahme aller anderen halt. Und das Ende, das Ende ist echt das Schlimmste.

ES WAR EINMAL EIN FISCH
DER KAM NICHT AUF DEN TISCH
DENN ER WAR NICHT MEHR FRISCH

DRUM KAM ER IN DEN MÜLL
DORT LAG EIN STÜCKCHEN TÜLL
UND JETZT IST ER EINE BALLERINA

Filolino

Das gelbe Buch

Ina Bruchlos

Kürzlich war ich auf einer Literatenparty. Eine Literatenparty ist dasselbe wie eine Künstlerparty, nur mit Literaten.

Wir saßen in einem Garten, eingeklemmt zwischen Gebüsch und Hauswänden auf wackeligen Gehwegplatten, beziehungsweise in erster Linie auf Stühlen und nur in zweiter Linie auf Gehwegplatten, um genau zu sein. Literaten versuchen immer, genau zu sein. Auf Künstlerpartys würde man stehen.

Neben mir saß Sven, und ich sagte: »Witzig, erst letzte Woche habe ich nur zwischen Künstlern gesessen.«

»Keine anderen Leute?«, fragte Sven. Ich sagte: »Nein, nur Künstler.«

Sven sah mich erstaunt an, sodass ich diffus in unsere Runde deutete und meinte, hier seien doch auch ausschließlich Literaten.

Sven zeigte auf seine Frau. »Gilt nicht«, sagte ich.

Der Garten war übrigens kein wirklicher Garten. Er lag mitten in St. Pauli, ein gepflasterter kleiner Hinterhof, von dem eine kleine marode Mauer abging, die das Gestrüpp gegen die nächste Hauswand drückte.

»Schöner Garten«, sagte ich zum Gastgeber, und der Gastgeber meinte: »Na ja, Garten ... – Auf jeden Fall grün.«

Es war ein später Sommerabend. Es war noch warm, aber es wurde schon langsam dunkel, sodass man eigentlich gleich zu Beginn des Festes niemanden mehr erkennen konnte. Schwaches Kerzenlicht erleuchtete zehn Quadratzentimeter Tisch. Das machte nichts, konnte man die Leute ja ganz gut an ihren Stimmen erkennen, hatte man sie ja alle schon einmal auf Lesungen gehört, waren ja alle Literaten, bis auf die Frau von Sven, die allmählich in der Dunkelheit verschwand und damit nur zehn Minuten zu existieren schien.

Zu unseren Stimmen gesellten sich immer mehr Stimmen dazu. »Ist hier noch frei?«, fragte eine Stimme links von mir. Ich nickte, die Stimme wiederholte die Frage.

Sie setzte sich schließlich neben mich, sodass ich sie fragen konnte, ob sie auch schreibe, eine einfache Frage, schrieben hier letzten Endes alle, bis auf die Frau von Sven und die Freundin des Gastgebers, weswegen er vielleicht auch wegzog, weg von den Literaten. Die Party war eine Abschiedsparty.

Natürlich schrieb meine Nachbarin. Sie nannte ihren Namen, und ich wiederholte ihn stumpfsinnig, beging aber gleich den Fehler, auch noch zu behaupten, ich hätte ein Buch von ihr.

»Echt?«, fragte die Stimme, die ich nicht kannte, die ich nie gehört hatte. Trotzdem hatte ich ein Buch von ihr, von dem ich nicht wusste, wie es zu mir gekommen war. Ich hatte es jedenfalls nicht gekauft, und mir fiel nur mein Bruder ein, der mir immer die abwegigsten Bücher von den mir unbekanntesten Autoren schenkte, mein Bruder, der hier überhaupt nicht wohnte, weshalb ich die Frau jetzt fragte, ob sie zufällig meinen Bruder aus Aschaffenburg kannte. Es war so ziemlich die zusammenhangloseste Frage, die man stellen konnte, die die Stimme verneinte – aber da ich ein Buch von ihr hätte, interessiere sie schon, welches denn. Sie fragte mich: »Welches denn?« Und da war ich dann auch schon inmitten meines selbst erschaffenen Schlamassels angelangt und wünschte mich in den Körper von Svens Frau in ein tiefes, schweigendes Dunkel. Die Stimme bemerkte mein Zögern, und als ich entschuldigend meinte, ich könne mich nicht mehr an den Titel erinnern, bekam ich die besonders demütigende Hilfestellung: »Um was ging's denn?«

»Um was ging's denn?« durfte man mich noch nicht einmal bei Büchern fragen, die ich gelesen hatte. »Um was geht's denn?« durfte man noch nicht einmal bezogen auf meine eigenen Texte fragen. »Um was ging's denn?« durfte man mich keinesfalls zu Büchern fragen, von denen ich weder wusste, wer sie warum geschrieben hatte, noch wie sie genau auf den dunklen Wegen der Vergangenheit zu mir gefunden hatten. Ich stammelte, ich hätte es noch nicht gelesen, was stimmte, es läge aber schon oben auf meinem Buchstapel, was nicht stimmte. Ich hatte nicht die leiseste Ahnung, wo in meiner Wohnung sich dieses Buch befand.

»Es ist gelb«, platzte ich heraus.

»Gelb?«, sagte die Stimme. »Mein Gott«, sagte sie. »Das ist ja schon richtig alt.«

Ich sagte: »Keine Ahnung, warum mir mein Bruder dein Buch erst jetzt geschenkt hat.«

Sie sagte: »Dein Bruder aus Aschaffenburg?« Es war furchtbar.

Ich fragte hilflos: »Ist es denn gut?«

»Na ja«, meinte sie. Das Buch sei mindestens zehn Jahre alt, aber sie könne mir gern eines der neueren Bücher mitbringen, eines, mit dem sie sich mehr identifizieren könne, wo es nicht um ... Dann fiel ihr ein, dass ich es ja nicht gelesen hatte ... Ach, egal. »Schreibst du denn auch?«

Ich wusste, dass diese Frage kommen würde. Ich nickte,

und sie fragte: »Wie heißt du denn?« Das wäre der richtige Moment gewesen, geistesgegenwärtig einen Namen zu erfinden, aber ich war nicht geistesgegenwärtig und für diesen freien Gedanken vielleicht auch zu sehr in dieses Gebüsch und die daran angrenzende Mauer gedrängt.

Jetzt lehnte sich der Schatten weiter nach vorn, um mich besser sehen zu können. Sie nahm eine Kerze vom Tisch und hielt sie mir vors Gesicht. »Sag mal, kann es sein, dass wir einmal zusammen gelesen haben?« Das konnte sehr gut sein, aber ich war nicht mehr in der Position, Dinge nicht zu leugnen. So musste es Kriminellen gehen, die sich während eines Verhörs selbst verrieten. »Und wie kommt es, dass wir Ihre Fingerabdrücke am Tatort fanden?« – »Keine Ahnung, von mir sind sie nicht.«

Was sollte ich also dazu sagen? Diese Frau war mir ja tatsächlich völlig unbekannt. Vielleicht half mir ja der Ort, an dem wir gelesen hatten, konnte ich mich an Orte meistens besser erinnern als an Menschen. Besonders schlimm ist es, wenn Frauen auf eine recht allgemeingültige Art und Weise hübsch sind. Dann fällt mein inneres Erkenntnisbarometer gegen null.

»Kann es sein, dass wir einmal zusammen im *Haus 3* gelesen hatten, anlässlich der *Altonale*?«

Ich hatte weder jemals auf der *Altonale* noch im *Haus 3* gelesen. Allmählich entspannte ich mich ein bisschen. Ich kannte sie nicht und musste sie auch nicht kennen. Das einzige Rätsel blieb das gelbe Buch, aber auch das würde ich noch wegleugnen können. Ich hatte es gar nicht, und wenn, dann war es nicht von ihr. Ich dachte an Reclam und Schiller. Ein gelbes Buch konnte alles sein. Irgendeine schale Ausrede würde sich noch finden lassen.

»Auf gar keinen Fall«, sagte ich selbstsicher. »Niemals *Altonale,* niemals *Haus 3.*« Meine Stimme bekam eine ungewohnte Festigkeit, nichts Zweifelndes, keinerlei Unsicherheit mehr im Unterton.

»Nein« und »nie« schienen sie zu überzeugen.

»Dann musst du eine Doppelgängerin haben«, meinte sie, und ich dachte tatsächlich, dass sie mich vielleicht mit Birgit Utz verwechselt hatte, denn so wie bei mir hübsche Gesichter reichten, um sie im Mahlstrom der Ähnlichkeiten zu verlieren, reichten anderen manchmal kurze Haare.

»Ich habe nämlich ein schlechtes Gesichtsgedächtnis«, fügte sie hinzu, und ich musste lächeln, hatte ich ihr erfolgreich meinen Hauptcharakterzug eingeredet.

Später, als ich zu Hause war, fragte ich vorsichtshalber Chris, ob ich jemals auf der *Altonale* gelesen hätte. Es war eine rhetorische Frage. Der Abend war noch glimpflich ausgegangen. Ich hatte mich weggesetzt und mich mit anderen Literaten über andersfarbige Bücher unterhalten.

»Natürlich hast du auf der *Altonale* gelesen«, sagte für mich völlig unerwartet Chris. Sie ging zum Computer und googelte unser beider Namen. Dann rief sie: »Im *Haus 3.*«

»Schade«, dachte ich und ahnte jetzt, von wem ich dieses gelbe Buch hatte. Ich dachte an das neuere Buch, das sie mir mitbringen wollte. Es würde auf meinem Stapel landen, ganz oben, und sollte ich sie irgendwann in den nächsten zehn Jahren wiedertreffen, könnte ich es genauso wegleugnen wie dieses gelbe Buch. Ich könnte es natürlich auch einfach lesen oder wegziehen. Mein Leben war im Grunde voller Möglichkeiten.

Tangokurs, erste Stunde:
Gesichtsausdruck üben

Miriam Wurster

Fit for no fun
Oder: Bauch gegen Kopf 1:0

Dagmar Schönleber

»Hallohooo, da bin ich, ich muss aber noch siebzehn Mal die Treppen hoch und runter!« Und schwups, hat meine Freundin Heike mir eine Flasche Sekt in die Hand gedrückt, ist an mir vorbeigehuscht, und ich höre ihre High-Energy-Grip-Silikonsohlen schon eine Etage höher quietschen.

Was da los ist? Tja, meine Freundin Heike hat jetzt ein Fitnessarmband. Ein Stück Plastik, das man sich ums Handgelenk schnallt und das einem beim Gehen sagt, dass man geht. Und wie viel man geht, genauer gesagt: wie viele Schritte, wie viele Kalorien man dabei verbrennt und wie viel beispielsweise Sekt man dafür im Anschluss wieder trinken kann. Dieses Ding weiß alles, ALLES, außer wie man sich einen schönen Abend macht. Denn weil Heike und ich ein Glas Sekt trinken wollen, muss Heike vorher laut Fitnessarmband siebzehn Mal die dreieinhalb Etagen vom Keller bis zum Dachboden laufen, während ich alleine im Wohnzimmer sitze und mich langweile. »Damit ... ich ... das ... auch ... genießen kann!«, keucht Heike, als sie bei der dritten Kehrtwende am Türrahmen vorbeikommt. »Ohne ... schlechtes ... Gewissen!«

Meine Freundin Heike hat ein schlechtes Gewissen wegen eines Glases Sekt, das sie noch nicht getrunken hat.

Und vielleicht auch nicht mehr trinken wird, denn ehrlich gesagt, erschien sie mir schon nach zwei Mal hoch- und runterlaufen unnatürlich rot im Gesicht. Heike hat das Armband erst seit gestern und ist fitnessmäßig noch nicht ganz weit vorne. Gerade schleppt sie sich das dritte Mal am Türrahmen vorbei.

Ich öffne den Sekt, denn mir ist langweilig. Sport gucken fand ich schon immer öde ohne Alkohol.

Fitnessarmband, pah! Zugegeben: Als ich diesen Begriff das erste Mal hörte, war ich kurz aufgeregt, weil ich annahm, das Armband mache mich fit, während ich es trage, ohne dass ich eine Eigenleistung bringen müsste, aber Pustekuchen! Das Ding ist einfach nur eine Petze.

»Nee, du, echt, das ist total gut zur Selbstoptimierung!«, schwärmt mein Kumpel Micha. Na klar.

Ich trage meins seit heute Morgen. Stumm blinkt mich die 12 an, na toll, immerhin weiß ich jetzt, wie viel Schritte es vom Sofa bis zum Klo und zurück sind, aber irgendwie kommt mir meine Wohnung jetzt viel kleiner vor.

Wenn früher jemand gefragt hat: »Und, wie war dein Tag?«, da hat man Sachen gesagt wie: »Ich war einkaufen und dann war ich nach der Arbeit noch mit den Mädels in der Kneipe aufn Feierabendbier. Oder fünf.« Und heute sagt meine Freundin Birgit so was wie: »Du, tut mir leid, dass ich gestern Abend nicht mehr in die Kneipe gekommen bin, aber das ging ja schon morgens los mit dem Eiweißdrink. Ich bin morgens die 1.382 Schritte zum Rewe gegangen zum Einkaufen, und da der Eiweißdrink nicht so lange vorhält, hatte ich im Rewe schon wieder Hunger. Aber zum Glück hatte ich beim Einkaufen dann schon fast so viele Kalorien verbraucht, dass ich ein Käsebrot essen konnte, jetzt hatten die beim Rewe-Bäcker aber nur diesen komischen Butterkäse, den mag ich aber nicht, also hab ich alternativ einen kleinen ... Schokoriegel gegessen, dann war ich aber wieder voll überm Soll, also musste ich noch 4.700 Schritte laufen, und darum kam ich zu spät zur Arbeit. Das war natürlich voll stressig, darum hab ich mir dann nachmittags noch 'nen Kuchen geholt, aber dafür musste ich natürlich nach der Arbeit noch zum Sport, Pilates und Yoga, damit ich wieder auf null komme, und dann war ich einfach zu kaputt.«

Dieses Armband sagt Birgit, wann sie gehen, schlafen oder essen soll und ob sie das gut macht. Sie glaubt ihm. Meine Freundin Birgit ist ihr eigenes Tamagotchi.

Ich höre ein Poltern in der Etage über mir. Heike ist beim finalen Treppenabstieg kurz vor dem Basislager zusammengebrochen. »Wasser!«, röchelt sie.

»Ich hab hier nur Sekt«, sag ich. »Wasser ist im Keller.«

»Ich nehme den Sekt«, sagt Heike. Schnell geht es ihr besser.

»Was ist nur aus uns geworden?«, lallt sie zwei Gläser später melodramatisch. Gute Frage. Früher haben wir nach zwei Gläsern noch nicht gelallt. Früher war weiß Gott nicht alles besser, aber ich fand es irgendwie schön, als das Präziseste, was ich früher in Sachen Körperzustand in Zahlen gehört habe, war: »Ich bin auf 180!« Oder: »Die Uschi ist schon voll, Micha nur so halb!«

Obwohl, gerade Heike hat auch früher schon präzisere Messungen vorgenommen: »Heute morgen hatte ich auf der Waage zwar 73 Kilo, aber ich hatte auch nasse Haare!«

»Ganz genau«, Heike pfeffert ihre High-Energy-Grip-Super-Sportschuhe in die Ecke. »Früher konntest du dich noch selbst bescheißen, und damit warst du vielleicht nicht fit, aber pfiffig.«

Heute allerdings kannst du nicht mal mehr andere Leute bescheißen. Will aber auch keiner mehr, im Gegenteil, heute postet ja jeder sofort freiwillig, wie viele Schritte er gemacht hat. Und dann kommentiert immer jemand: »Hey, super, LOL!« Aber es gibt auch immer mindestens einen, der mehr Schritte gelaufen ist als du, und dann hast du wieder Stress. Auch wenn du es nicht selbst postest, sendet dein Fitnessarmband vermutlich eigenmächtig deine Daten und Körperwerte in die Welt, und im Ernst: Jeder, der mal betrunken WhatsApp-Nachrichten verschickt hat, weiß, dass da nichts Gutes bei rumkommt.

Nach einer weiteren Flasche Sekt sind Heike und ich uns einig, und der Masterplan ist gefasst.

Wir treten Arm in Arm hinaus in unseren Garten. Dort steht ein Walnussbaum, der so reich trägt, dass wir auch ziemlich träge Eichhörnchen haben.

Wir pflücken uns jede eines. Obwohl sie für Eichhörnchen recht lahmarschig sind, sind sie für menschliche Verhältnisse noch sehr agil.

Darum dauert es ein wenig, aber nach einigen Minuten habe ich meinem Eichhörnchen mein Fitnessarmband umgeschnallt, Heike tut dasselbe, dann entlassen wir die semiquirligen Gesellen in die Freiheit.

Am nächsten Morgen checke ich meine App, und was soll ich sagen: Meine Werte sind jetzt der Hammer. Meine Fettverbrennung ist 1a, ich wiege nur noch 700 Gramm, und Heike ist die Beste im Freeclimbing.

Stefanie Sargnagel

Es war nicht alles schlecht

Sarah Schmidt

Man kann sagen, was man will, aber in der DDR war wirklich nicht alles schlecht. Zum Beispiel der Bau der Mauer. Was waren meine Eltern darüber froh. Denn endlich war unsere Oma eingesperrt.

Sie war, ohne Frage, eine böse Frau. Meinen Vater gab sie als kleines Kind zu sadistischen Tanten. Kurz darauf heiratete sie ein wahres Arschloch und war von da an glücklich und zufrieden.

Einige Jahre später war sie auch diesen Mann wieder los. Kurz nach dem Krieg stand ihm eine Gerichtsverhandlung bevor, offenbar war er Exhibitionist und hatte sich den Schulmädchen von gegenüber gezeigt. Am Abend vor seiner Verhandlung eröffnete er meiner Oma, dass er gleich seinen Kopf in den Gasofen stecken werde. Für solche Gespräche habe sie jetzt keine Zeit, sie müsse arbeiten gehen, erwiderte sie und hatte im nächsten Monat eine außergewöhnlich hohe Gasrechnung zu beklagen. So eine Frau war also meine Oma.

Unerklärlicherweise fühlte sich mein Vater ihr gegenüber trotzdem verpflichtet und besuchte sie regelmäßig. Bis eben die Mauer gebaut wurde.

So ein Glück! Sie konnte nicht mehr raus. Zumindest bis meine Oma 65 wurde und das Rentenalter erreichte. Merkwürdigerweise gestattete die DDR ausgerechnet Rentnern längere Aufenthalte außerhalb der Republik. Eine ganz und gar unverständliche Regelung. Wo doch jeder weiß, dass gerade die Rentner die schlimmste Generation sind. Heimtückisch, hinterlistig, gewalttätig, übellaunig, rabiat und verschlagen sind die meisten. Vielleicht war genau dies der Grund, warum die DDR die über 65-Jährigen nicht ständig im Lande haben wollte. So gesehen eigentlich verständlich.

Von nun an wurden wir von Oma besucht. Vier Wochen lang, jedes Jahr.

Vor ihrem ersten Besuch freute ich mich, ich kannte sie, durch mein Glück der späten Geburt nach Mauerbau, bislang nur aus Erzählungen und konnte mir nicht vorstellen, dass meine Oma tatsächlich nicht nett sei.

Sie kam, sah mich, zog an meinen Haaren, grummelte etwas von schlecht gekämmt und zeigte sogleich, wofür sie ihren unentbehrlichen Gehstock tatsächlich brauchte. Zum In-die-Ferse-Stoßen. Oder in die Hüfte. Zum Auf-den-Hintern-Hauen. Oder auf den Hinterkopf. Dazu drehte sie ihren Stock blitzschnell um und benutzte ihn wie einen Golfschläger.

»Na«, sagte sie, als ich meinen ersten von vielen Stößen bekam, »dann lauf mal in mein Zimmer, ich habe euch etwas mitgebracht.«

Während ich meine schmerzende Ferse massierte, kramte sie eine Plastiktüte aus ihrem Koffer und überreichte sie mir und meiner ebenfalls angetretenen Schwester.

Wir schauten in die Überraschungstüte und konnten unser Glück kaum fassen. Sie war bis obenhin mit Bonbons gefüllt. Ich wähnte mich im Paradies. Bis ich einen probierte. Ein eklig-seifiger Geschmack breitete sich in meinem Mund aus und blieb dort für Stunden. Es war mit Abstand die enttäuschendste Süßigkeit meines Lebens. Ost-Bonbons. Die meine Oma ein ganzes Jahr lang gesammelt hatte. Was den sowieso schon schlechten Geschmack nicht verbessert hatte.

Während der nächsten vier Wochen mussten wir ständig diese Drops lutschen. Morgens, mittags, abends, immer. Es waren rund 1000 Stück. »Nimm dir doch zwei«, sagte Oma.

»Nein, danke, ich bin satt.«

Unsere Eltern zwangen uns ebenfalls, sie zu essen. Beziehungsweise sie in den Mund zu nehmen und dort zu lassen, solange Oma in der Nähe war. »Die hat Oma aus der DDR mitgebracht, da gibt es nichts anderes«, sagten sie. »Wenn ihr sie nicht esst, ist Oma traurig.«

Na und, dachten wir, sie ist ja auch eine böse Frau, warum soll sie nicht traurig sein? Aber die Traurigkeit unserer Oma drückte sich vor allem durch noch mehr Hiebe mit ihrem Gehstock aus. Also waren wir brav und beugten uns dem Ostdiktat. Nach vier Wochen war sie endlich fort, den Rest der Bonbons durften wir wegschmeißen.

Das war mein einziger Eindruck von der DDR – die war eklig und bösartig wie unsere Oma. Jedenfalls so lange, bis meine Eltern meinten, ich wäre jetzt alt genug, um Oma zu ihrem Geburtstag zu besuchen.

Lange Zeit fuhr nur mein armer Vater zu ihr, und wenn er zurück war, sah er alt und müde aus. Sehr alt und sehr müde. Meine Mutter redete sich jahrelang damit heraus, dass wir zu klein seien, um mitzukommen, und vor allem zu klein, als dass sie uns alleine lassen könnte. Als ich elf Jahre alt war, ließ mein Vater diese Erklärung nicht mehr gelten: »Oma wird 70, und ihr besucht sie. Basta!«

Ich hatte Angst. Große Angst. Tagelang wurden wir von unseren Eltern über die DDR »aufgeklärt«. Die DDR gehört dem Russen. Der Russe ist dieser böse, alte, hässliche und betrunkene Mann, den wir aus dem Fernsehen kannten. Der Russe schießt gerne. Und man kommt sehr schnell ins Gefängnis und niemals wieder raus. Wir sollen uns also, in unserem eigenen Interesse, benehmen. Und nicht mit den anwesenden Nachbarn sprechen, die seien bei der Stasi, das gibt nur Ärger. Und bloß den Personalausweis nicht aus der Hand legen, denn dann könnten nicht mal sie uns mehr retten.

Ich habe ihnen alles geglaubt.

Kurz darauf standen wir mit schweißnassen Händen am Grenzübergang Friedrichstraße, trauten uns nicht pieps zu sagen, legten die Ohren frei, ließen eine Körperkontrolle über uns ergehen und waren drüben. In Ostberlin. Ein Unterschied wie Tag und Nacht. Während unser Westberlin strahlte, war hier alles grau und still und roch nach feuchter Oma.

In der Ostseestraße angekommen, wurden wir begrüßt, Oma haute uns freundlich, aber kräftig ihren Stock in die Fersen, und dann mussten wir essen. »Das hat sich Oma vom Munde abgespart«, flüsterten unsere Eltern, und genauso sah es auch aus. Fette Wurst, fettes Fleisch von unbekannten Tieren und braun-graue Torten wollten verzehrt werden. Außerdem natürlich die fünf Kilo Bonbons, die sie uns diesmal hier in Weißensee übergab. Während sich die Erwachsenen in den nächsten Stunden zumindest betrinken konnten, blieb mir nichts, als zu warten und zu hoffen, dass wir bald wieder nach drüben könnten.

Spät, sehr spät am Abend durften wir endlich gehen und erst als wir wieder in Wilmersdorf waren, fühlte ich mich frei. Bis zum nächsten Geburtstag von Oma.

In den folgenden Jahren steigerte sich Oma in eine immer

ausufferndere Bösartigkeit hinein, sie schlug und beschimpfte nun ganz wahllos und kam in ein Heim.

Dann kam der Herbst 89. Wir sahen im Fernsehen, was sich im Osten anbahnte. Dass die DDR ganz verschwinden würde, so viel Fantasie besaß niemand von uns. Aber es schien klar, dass es bald weitere Reiseerleichterungen für die DDR-Bürger geben würde. Also auch für unsere Oma.

Doch ein einziges Mal in ihrem Leben zeigte sie sich von ihrer netten Seite, die gute Alte. Sie starb im Oktober 1989. Eben noch rechtzeitig, sodass ich mich am 9. November wirklich freuen konnte. Aber die 25 Jahre relative Sicherheit, die uns die Mauer vor Oma geboten hatte, sind auch nicht zu unterschätzen.

Dorthe Landschulz

Allein

Jacinta Nandi

»Ich habe so viel Mitleid mit euch!«, bricht es aus meiner Freundin Alicia heraus. »Mit dir. Mit euch. Ich würde mich umbringen, wenn ich alleinerziehend wäre. Das ist das Einsamste, was ich mir vorstellen kann.«

»Okay«, sage ich.

»Ich könnte das nicht!«, sagt sie, schließt ihre Augen und schüttelt dabei den Kopf.

»Okay«, sage ich noch mal. Ich weiß nicht so richtig, was ich sagen soll.

Meine Freundin Alicia. Sie ist gerade 31 geworden, hat zwei Kinder, der Mann macht ... was eigentlich? Irgendwas mit Computern? Programmierer vielleicht? Kundenbetreuung bei der Bank? Bei der Telekom? Irgendwas macht er, das weiß ich. Irgendetwas Langweiliges und zwar Vollzeit. Alicia wollte Schauspielerin werden – eigentlich ist sie Schauspielerin –, aber jetzt arbeitet sie als englischsprachige Kitaerzieherin. Sie ist voll hübsch, ihr Vater ist Professor, nicht in Harvard, aber in so einer ähnlich renommierten Uni. Ein gemeinsamer Kumpel hat mir mal erklärt, dass ihr Papa eine Berühmtheit sei bei all denen, die klug sind und aus den Staaten kommen. Meine Freundin Alicia. Würde sich umbringen. Wenn sie alleinerziehend wäre. Okay.

»Bist du schockiert?«, fragt sie.

»Nein«, antworte ich.

Genervt, denke ich. Alicia, ich bin genervt.

»Ich könnte die Einsamkeit nicht ertragen«, sagt sie.

»So einsam bin ich doch gar nicht«, insistiere ich.

»Ich bin oft allein mit den Kindern«, erzählt sie. »Niko hat einen anstrengenden Job und auch viele Hobbys. Ich bin oft allein. Aber ich bin nie ALLEIN. Weißt du, was ich meine? Ich würde mich sofort umbringen!«

»Mit den Kindern gemeinsam?«, frage ich höflich. Was soll der Scheiß, denke ich: Immer wenn ich vorbeikomme, ist Alicia allein mit ihren zwei sehr nervigen Kindern, und bis jetzt hat sie es doch geschafft, sich nicht umzubringen. Ihr Mann arbeitet entweder oder ist im Fitnessstudio. Ich hoffe sehr, dass er fremdfickt, und dann kann Alicia sich ihr Mitleid in den Arsch stecken. Ihr Mitleid und ihre selbstzufriedenen Suizidfantasien. Steck's dir in deinen Arsch, Alicia – wie ein Zäpfchen voller Herablassung.

»Wen rufst du denn an, wenn der Hausmeister gemein zu dir ist?«, fragt sie. »Ich rufe immer sofort Niko an. Und heule und heule! Und er beruhigt mich ... Wenn ich ihn nicht hätte ... Ich könnte nicht überleben.«

»Mein Hausmeister ist immer sehr nett zu mir«, sage ich. »Du musst einen Push-up-BH tragen und ein Top, dann sind sogar deutsche Hausmeister nett.«

Eigentlich hatte ich vor, nach Hause zu gehen und zu arbeiten, aber das Gespräch mit Alicia hat mich so traurig gemacht, dass ich dann doch zu einer Pyjamaparty gehe, zu der eine Deutschrussin eingeladen hat. Dort sitzen ungefähr eintausend Alleinerziehende und dreitausend Kinder herum, und die Deutschrussin, die ich kaum kenne, schickt immer wieder eine von ihnen zum Späti, um Sekt zu kaufen. Die Mädels reden drüber, wie es ist, bei Tinder zu sein als Alleinerziehende, und was es bedeutet, wenn man das im Profil angibt. Schlimm ist das – und die Qualität der Dick-Pics sinkt deutlich. Alle Mädels auf der Party haben ihre hässlichsten Dick-Pics auf ihren Handys gespeichert, und wir reichen die rum wie Wissenschaftlerinnen, die neues Material gekriegt haben, nach langem Warten. Manche der Dick-Pics sind so hässlich, man kann kaum an die Evolution glauben.

»Warum machen Männer immer so hässliche Dick-Pics?«, frage ich. »Ich weiß, warum«, sagt Libby, eine Britin. »Sie haben nicht den weiblichen Blick auf die Welt. Deswegen wissen sie nicht, was hübsch ist und was hässlich. Guck dir das hier an.«

Sie zeigt mir das hässlichste Dick-Pic, das ich je in meinem Leben gesehen habe. Ich kann es nicht beschreiben, so hässlich ist es. Es ist nicht klein – die Größe ist nicht das Problem –, aber so wütend-rot, und die Behaarung sieht aus wie Puppenhaare. O mein Gott, dieser Schwanz tut mir leid. Jemand sollte wirklich einen Onlinekurs anbieten: »Attraktive Penisbilder gestalten«.

Die Mädels erzählen traurige Geschichten, von dummen, hässlichen Männern, manche arm, manche reich, ab und zu normal, aber alle dumm, alle hässlich, und alle behandeln Frauen scheiße, weil sie alleinerziehend sind. Einer Alleinerziehenden ist sofort nach dem Sex ein Taxi gerufen worden. Einer ist beim ersten Date gesagt worden, dass Alleinerziehende keinen Mann haben, weil sie zu promisk, zu feministisch und oft auch zu dick sind. Aber die Deutschrussin erzählt auch lustige Geschichten. Einmal ist ein Typ im Bett neben ihr eingeschlafen, nachdem er gekommen ist, obwohl sie noch nicht »fertig« war – ich liebe es, dass für die russischen Menschen der Sex erst vorbei ist, nachdem die Frau kommt –, und sie hat ihm, während er schlief, seine Armbanduhr geklaut. »Und niemand brauchte mir ein Taxi zu bestellen«, sagt sie. »Ich habe eine App.«

Eine junge Deutsche, die ich kaum kenne, sagt leise, schüchtern: »Männer wollen keine echte Beziehung haben mit Alleinerziehenden. Deswegen muss man lügen und dann erst beim dritten Date die Kinder erwähnen.«

»Aber wenn du die Kinder verschweigst, halten sie dich für eine Psychopathin, oder?«, frage ich.

»Du musst doch die Kinder nicht erwähnen! Ich hatte mal einen Typen bei mir, dem ich erzählt habe, ich passe manchmal auf meinen Neffen auf – deswegen das viele Spielzeug. Das geht den doch gar nichts an. Sie sollen so wenig wie möglich wissen, die Kerle. So wenig wie möglich. Nur falls du jemals eine Uhr klauen musst oder so was ...«

Vielleicht hat Alicia doch recht, denke ich. Vielleicht ist das Dasein von uns Alleinerziehenden das Einsamste, das man sich überhaupt vorstellen kann. Eins der Kinder kommt weinend in die Küche, die Deutschrussin beruhigt es und bringt es wieder zu den anderen Kindern.

Warte mal, denke ich, als ich mir noch etwas Sekt einschenke. Hat Alicia nicht neulich erzählt, dass Niko seine Uhr im Fitnessstudio verloren haben soll?

Vielleicht gibt es überall auf dieser Erde nur Einsamkeit, und unser ganzes Leben ist nur der verzweifelte Versuch, uns davon abzulenken.

Wo habt ihr euch eigentlich kennengelernt?
Am Grabbeltisch.
KITTIHAWK

Kittihawk

So siehst du aus

Susanne M. Riedel

Frühling, ein Café in der Gutsmuthstraße. Kurz überlege ich, ob ich mir das Frühstück »Crystal Mett« gönne, das aus einem Kristallweizen und einem Mettbrötchen besteht, bestelle mir dann aber doch nur einen Kaffee. Die nette junge Frau hinterm Tresen sagt: »Du hast die Nummer zwölf, alle weiteren Bestellungen dann bitte auf die Zwölf.«

»Voll auf die Zwölf«, erwidere ich. Sie guckt ratlos. Ich fand's komisch.

Aber ich sehe halt auch nicht komisch aus.

Das hat mir schon mal jemand gesagt: eine junge Hip-Hopperin, die mal mit mir zusammen auf einer kleinen Lesebühne in Schöneberg eingeladen war. Ich kam von der Bühne zurück, und sie sagte mit erschüttertem Gesicht: »Das war komisch. Du siehst gar nicht aus, als ob du komisch bist.«

Grundsätzlich mag ich es sehr gerne, nicht genau in irgendwelche Schubladen zu passen, und kann über solche Sätze dann sehr schmunzeln.

Aber in letzter Zeit wird mir irgendwie ständig gesagt, wie und wonach ich aussehe – oder eben nicht.

Vor ein paar Tagen zum Beispiel habe ich bei Karstadt einen Besteckkasten gekauft. Das Ding war in einem großen Karton verpackt, und nein, ich wollte natürlich keine Tüte. Der Azubi an der Kasse – um die zwanzig, Vollbart, Gangsterrapperblick und tiefe Stimme – sagte: »Na, dann auf Wiedersehen. Und, äh, viel Freude damit.«

Das hatte man ihm wohl so beigebracht, es kam allerdings noch nicht so richtig authentisch rüber. Ich fragte mich auch, was sich ein zwanzigjähriger Mann wohl darunter vorstellt, wenn ich viel Freude habe. Mit einem Besteckkasten.

Ich fragte ihn, ob ich nicht so einen »Bezahlt«-Aufkleber bräuchte, wenn ich jetzt mit dem Ding aus dem Laden spaziere, darauf er: »Ach Quaaatsch. Sie sehen doch nu echt nich' aus, als ob sie klauen, Mann. Bei mir wär' das schon anders, aber so …«, dabei machte er eine unbestimmte Handbewegung von oben nach unten, die vermutlich auf mich als Gesamterscheinung hinweisen sollte.

Ich bin mir ganz sicher, er hat das nett gemeint. Dennoch war ich total knurrig, als ich den Laden dann tatsächlich unbehelligt verlassen hatte.

Es ist eine alte Wunde. Seit meiner Grundschulzeit geht mir das so, dass mich alle für harmlos halten. Eine Reißzwecke auf dem Lehrerstuhl, Fenster mit Tusche bemalt oder Stinkmorchel hinter der Tafel versteckt: Selbst wenn ich ein Vergehen beichtete und die Schuld unumwunden auf mich nahm, lächelten die Lehrerinnen und sagten: »Das ist ja lieb, Susanne, dass du den Schuldigen schützen willst, aber so einfach dürfen wir ihn nicht davonkommen lassen.«

Wie gerne würde ich *einmal* so aussehen, als ob ich klaue.

Aber jetzt spielt allmählich auch noch das Alter gegen mich, scheint mir.

Bei einem Hautarzt letzte Woche gab es auch so einen Moment. Ich zeigte ihm einen kleinen Hautausschlag an den Unterarmen, der mich seit ein paar Tagen plagte, und lauschte doch sehr gebannt, als er spontan von Syphilis und anderen Geschlechtskrankheiten redete, ob ich denn häufig wechselnde Sexualpartner ... In diesem Moment sah er zu mir auf, unterbrach sich und sagte milde, während er andeutungsweise meine Hand tätschelte: »Entschuldigung. Geschlechtskrankheiten können wir wohl sicher ausschließen.« – Hallo?!

Nein, ich bin wirklich nicht scharf auf derlei Diagnosen – aber ist es zu viel verlangt, dass ich wenigstens *infrage kommen* will?!

Ich beginne zu ahnen: Die Diskriminierung des Alters hat viele Gesichter.

Es war nicht mein Tag.

Am Ende musste ich mir dann auch noch Blut abnehmen lassen. Um die Arzthelferin darauf vorzubereiten, dass ich Schwierigkeiten mit Spritzen habe, sagte ich vorneweg: »Ich gehöre zu den Ängstlichen, nicht dass Sie sich wundern.«

Ernst sah sie mich an, betrachtete mich von oben bis unten, zwinkerte mir dann verwegen zu und sagte: »Echt? Sie sehen gar nicht so aus.«

Und dafür hätte ich sie in dem Moment wirklich küssen können.

Miriam Wurster

Megastark, edelgoudafein und dufteklötig: Die Diddl-Maus wird 30

Paula Irmschler

Für manche bedeutete sie die Welt, andere hätten sie lieber am Galgen statt am Eastpak-Rucksack baumeln sehen. Nichts polarisiert so sehr wie sie: die Diddl-Maus. Die Kultmaus, die besonders die Kids und Pärchen der 90er und 2000er begeisterte, hat Geburtstag. Sie wird 30, die Diddl-Maus. Eine Reportage.

Es ist 2020, und Nadja Sandra ist 32 Jahre alt. Sie lebt in einem Reihenhaus in Bremerhaven und empfängt uns an der Haustür, von der aus es direkt in den Keller geht. Im Internet ist sie gelistet als der größte Diddl-Fan (www.nadjasandra-groessterdiddlfan.de). »Willkommen in der Käsehöhle!«, sagt sie, als wir hinter ihr die Stufen hinabsteigen. Was meint sie wohl damit? Der Keller wirkt trist. Findet sie, dass es stinkt? Geht! Doch dann sind wir an ihrem Abteil angekommen. Sie schließt es auf. »Willkommen in der Käsehöhle!«, sagt sie jetzt noch einmal, wohl begreifend, dass es vorhin auf den Stufen noch zu früh für die Ankündigung gewesen ist. Wir staunen nicht schlecht. Uns blendet fast, was wir da sehen. Pink, blau, lila, gelb und viele andere Farben durchfluten den erschreckend großen Raum. Er ist voller Diddl-Produkte. Da sind Kuscheltiere, Rucksäcke, Bettwäsche, Poster, Geschirr,

Regenschirme, eine Druckerverpackung (nicht von Diddl) und vieles mehr (aber das wieder von Diddl). »Bitte nichts einstecken«, sagt sie uns, kurz bevor wir etwas einstecken wollen.

Nadja Sandra ist eine ganz normale Person. Es gibt in Deutschland unzählige Menschen wie sie. Unzählige Menschen mit Tausenden Diddl-Artikeln im Keller. Unzählige Menschen in Reihenhäusern. In der zweiten Klasse habe sie angefangen mit dem Sammeln: »Erst mal die Postkarten.« Doch dann war sie schnell angefixt. Den Wettbewerb unter den Klassenkameraden beschreibt sie mit: »Es wurde ein regelrechter Wettbewerb.« Und Diddl ließ einen nie im Stich. Produkte gab es satt. »Wir kamen bald gar nicht mehr hinterher«, seufzt Nadja Sandra. »Wir sammelten ja alles in Ordnern ... Die Regale waren bald voll, wir hatten zu Hause irgendwann eine eigene Diddl-Bibliothek, mussten anbauen ... Die Blöcke, die Postkarten, die Tüten, die Sticker ... Die Blöcke ... So viele Blöcke ...« Sie wird ohnmächtig.

Ricottatoll: So fing das alles einmal an

Thomas Goletz, der Erfinder der Diddl-Maus, ist nicht besonders redselig. Er gibt kaum Interviews. Jedes Interview, das man mit ihm findet, beinhaltet die Aussage, dass er das eigentlich nicht macht. Und das hat einen guten Grund. Er ist einfach nicht besonders interessant. Relativ interessant ist aber die Geschichte seiner Diddl.

Aufgewachsen ist Goletz in Karlstadt. Oder »Käsestadt«, wie er den Stadtnamen kreativ umwandelt. Weil Mäuse gern Käse essen, und Diddl ist eine Maus. Er verrät uns im Interview, wie das alles anfing. Nachdem er das Abitur am Dreikäsehochkönigsgymnasium absolviert hatte, zog er weg von seinen Eltern Hartkäsewig und Kästin Goletz (geborene Gorgonzola). Er mietete sich eine kleine Bude, »meine erste kleine Käsefabrik«, und arbeitete dort als Grafiker. »Dann musste ich allerdings wieder ausziehen, meine Wohnung hatte Schimmel.«

Wir haken ein: »Wollen Sie da nicht vielleicht noch mal ... Also, das Wort Schimmel ist ja ...«

Goletz scheint unkonzentriert: »Hä, wieso?«

»Na ja ..., Sie wissen schon ... Schimmelkäse!«, schlagen wir vor.

»Verstehe ich nicht.«

Es ist also 1990. Ein junger Mensch sitzt in seiner neuen Bude und möchte mit seiner Kreativität die Welt verändern. Doch auch Thomas Goletz hat Pläne. Er zeichnet so vor sich hin. »Am Anfang waren es einfach diese ausgemalten Kästchen vom karierten Papier. Dann Strichmännel. Schließlich dachte ich, wie lustig es wäre, wenn die Strichmännel große Füße hätten. Ich habe in der Zeit viel gekifft.« Dann ging alles ganz schnell: »Große Ohren waren meine nächste Idee ... Dann ein Körper. Und dann war es halt eine Maus.« Und wie kam es zum Namen? »Das kam irgendwie so zustande, Diddl klang einfach halloumigut.«

Die Produktpalette wurde schnell erweitert, und die Diddl zierte bald auch Tassen, Handyhüllen, Coffee-to-go-Becher, Boxershorts, Umzugskisten, Teller, Stifte, Obst, Lampen, Tische, Sofas, Häuser, BHs, Schaufeln und Besen, Backpapier, Aschenbecher, Kleiderbügel, Verdichtungsringe, Werkzeugkästen, diese kleinen Schrauben von Brillen, Uhren, Zigarettenpackungen und Blöcke. In Klassenzimmern und Tauschbörsen wurde getauscht und verkauft, der Sammlerwert einzelner Produkte stieg ins Unermessliche. Bisweilen war die Diddl erfolgreicher als Mickey Mouse, die *Rolling Stones* und Bundeskanzler Helmut Kohl. Sie wurde um die Jahrtausendwende in 598 Ländern vertrieben. In China heißt die Diddl zum Beispiel Diddo, in England Theddl, in Frankreich »Mousse au fromage«, nur in Japan hatte sie keine Chance. Der weltweite Umsatz betrug im Jahre 2000 2,9 Billionen. Allerdings noch in Mark. Der Präsident von Nauru (Ozeanien – Mikronesien) hat 2004 eine Diddl-Büste errichten lassen. Es ist die größte freistehende Diddl-Büste der Welt.

Auf die Frage, ob es unmoralisch sei, Kinder finanziell derart auszunehmen, winkt Goletz ab: »Es war letztlich wie das, was man heute als Crowdfunding bezeichnet. Kinder bezahlen Geld, das mir zugutekommt, dafür gebe ich ihnen neue Produkte, deren Erlöse mir wieder zugutekommen.« Er lebt heute in einem Käsepalast an der Hamburger Elbe und beschäftigt mittlerweile 234.571 Menschen.

Die fetale Sache mit Diddlina und das hartkäsetotgeschwiegene Kapitel der Diddl

Schnell bekam Diddl Freunde, um die Produktpalette zu vervielfachen. Aus den Rippen der Diddl schuf Goletz bereits 1991 Diddlina, »eine Idee meiner Frau Thomasina Goletzina«, wie er einst in einem seiner zahlreichen Interviews verriet. Weitere Figuren waren Kitschkatsch, die kaukasische Weinbumsschnecke, Gurlhom, der Torpedostrumpfdelfin, Pömpl, das Pömpltier, Schmiltis, die südostafrikanische Knutschwurmamöbe, Shitshala, die Papiersesseltaube, und Bufftata, das Wechselbadtigermädchen. Verworfene Figuren waren Kumsargs, das Schwanzpanzerkätzchen, Miggl, der Hund, und Schnaddog, der Zitronenvater.

Doch auch andere Kapitel des Käseblattes bleiben bis heute unaufgeschlagen. Einmal in der Popkultur angekommen, wurde Goletz übermütig. Die Partys wurden groß wie einst die Diddl-Ohren, die Drogen stärker, und die Löchersberger Käselimonade lief in Strömen. Erkennen konnte man das an der Space-Edition der Diddl-Postkarten von 1999. Die meist blau-lilafarbenen Hintergründe und Sprüche wie »Viele Grüße aus der Ferne« oder »Kann nicht einschlafen, ohne Dich« werden heute von Kunstkennern als psychedelische Meilensteine der 90er-Popästhetik gefeiert, doch dahinter steckt ein trauriger Absturz.

Nachdem Kritiker des »Käseblattes« in einem Gegenheft namens »Kackblatt« Informationen veröffentlichten, dass die Diddl ihren Ursprung eventuell im Nationalsozialismus gehabt haben könnte – damals hätte es eine großohrige Maus unter dem Namen «Diddator« gegeben – und er dann noch einen jahrelangen Rechtsstreit mit dem russischen Unternehmer Yegor Orlow, der heimlich einen Diddl-Vergnügungspark in Krasnodar errichtet hatte, führen musste, stand Goletz kurz vor dem Ruin. Zum Glück hatte er aber noch die Einnahmen seiner Tausenden Diddl-Produkte.

Emmentalertraurig: Zurück zu Nadja Sandra

»Die Community war eigentlich das Wichtigste«, erklärt sie, noch etwas benommen. Doch es gab auch traurige Momente. Einmal verlor sie eine Brieffreundin im großen Blöckestreit von 1999, weil diese »Ich habe dich lieb« auf ein Papier eines seltenen Diddl-Blockes geschrieben hatte. »Das war das Fieseste, was mir jemals jemand angetan hat.« Nadja Sandra hat wirklich alles von damals aufgehoben und bewohnt aus diesem Grunde noch weitere Reihenhäuser in der Straße.

»Hier ist noch eine Kiste mit persönlichen Diddl-Erinnerungen.« Darin befinden sich die Einkaufszettel der Diddl-Beschaffungen, die Fahrkarten, die sie für die Fahrten zum Karstadt benutzte, je eine Haarsträhne und ein Finger- oder Fußnagel von den Tagen der Einkäufe, viele leere Diddl-Freundebücher sowie die einstweilige Verfügung von Goletz gegen sie.

Über 4.360.882 verschiedene Produkte gab es im Laufe der Jahrzehnte. Das kann man sich natürlich nicht alles leisten. »Klar, ich musste Abstriche machen«, sagt Nadja Sandra, die nach ihrer Schätzung im Laufe ihres Fanlebens nur 4.360.764 Artikel erstanden hat. »Mir fehlt zum Beispiel etwa ein Sechstel der Verlängerungskabel-Edition von 2002. Falls das jemand liest und mir da aushelfen kann, würde ich mich freuen! Ich könnte zum Beispiel tauschen gegen ein paar Marmorkacheln von 2007. Da habe ich einige doppelt. Das wäre wirklich parmesantastisch!« Und was ist mit Diddl? Die Altenburger ziegenkäsegeile Maus schaut jetzt in die Zukunft. So plant Goletz zum Beispiel, bald auf Facebook zu gehen. Die Kampagne einer Hamburger Werbeagentur mit neuen Käsewörtern steht auch schon in den Emmentalerstartlöchern.

Teresa Habild

Das Netz ist weg

Marina Barth

»Weißt du, was ich mich frage?«

Genauer gesagt klang es mehr nach: »Weissuwassimirfrag, hips ...«

»Nee. Aber gleich.«

»Wasch gleich?«

»Gleich weiß ich, was du dich fragst.«

»Hä?«

Ich liebe Thekengespräche nach drei Uhr morgens.

Wer da noch sitzt, hat gute Gründe.

Kurt, der Wirt, wirft einen langen Blick rüber und wendet sich dann wieder seiner Kaffeemaschine zu. »Kaffee gibt's jetzt keinen mehr«, sagt Kurt und schrubbt die Kaffeemaschineneinsätze.

»Ich frage mich, wos eigentlich genau ist.«

»Was?«

»Das Internet.«

»Hä?«

»Ja, irndwo musses doch sein. Diese Millionen Seiten und Seiten und Bilder und Chatrooms und Tiktok. Wo issen das?«

»Ähh ...«

»Gibs da irgendwo so einen riesigen Apparat, eine Art Monstercomputer mit unssäligen Speicherkarten, wo alle unsere Kabel hinführen? Vielleich aufen Cookinseln – verstessu, ganz ab vom Schuss. Da stehts. Verstehssu?! Diese ganzen Netzkabel von den ganzen Computern – führen die alle an einen einssigen Ort? Und wo isser? Und wenn der mal kaputtgeht oder Terrorissen eine Bombe aufie Cookinseln schmeißen, issan alles weg? Kamman dann ganz neu anfangen? Weil alls Alte gelöscht ist?!«

»Pfff …«

Während mein Thekennachbar akribisch aufzählt, was dann alles weg sein wird, wenn das Internet weg ist, versucht er, normal und nüchtern dabei zu gucken.

Es ist ihm ernst.

Er macht ein betont harmloses Gesicht und balanciert unermüdlich die erheblichen Schwankungen seines Barhockers aus.

»Weissu, so schlecht wärs au wieder nich, wemman ganss neu anfang könnte. Stelldirma vor, machs die Kissse an – dunkel. Nix drin! Nichma Darknet. Waswüre passiern? Verstehssu? Auf der ganzn Welt dunkel. Keine Bösnkurse, keine Kontostänne, kein Wetter, verstehssu?! Kein Wetter! Einfach sone Weile dunkel.«

Kurt hat aufgehört zu schrubben. Er sieht nachdenklich aus. »Auch beim Finanzamt?«, fragt Kurt. »Alles dunkel?«

»Jajaja, Finnasamp auch. Alles ehm.«

»Und Flensburg? Was ist mit Flensburg?«

Ich sehe Kurt überrascht an.

»Flenssburg? Meinssu Beate Uhse?«

»Ich meine Punkte«, sagt Kurt.

»Jaja, Punke auch – alles dunkel.«

Kurt beginnt, sehr nachdenklich weiterzupolieren.

»Und das Gute is«, sagt der schwindelfreie Mittrinker, »es is wirklich weg, bumm in die Luft geflogn!! Kein Upgrade. Also auch nachn paar Tagn kommts nich wieder, sondern man kann alles neu machen. Ma mussalls neu machen!«

»Upgrade?«, fragt Kurt.

»Er meint ›Update‹«, erkläre ich. »Nee, eigentlich meint er Back-up.«

»Wer bestimmt dann?«, fragt Kurt.

»Ja, dassie Frage ... Wer ...? Isch denke, der Schinese, weil – der Schinese is bestes organisirt. Die ham eh ein Extranetz, schon lange, und das schalten die dann für alle an.«

»Wie, ein ›Extranetz‹?« Kurt ist verwirrt.

»Ja, im schinesischen Netz hassu keine Punkte in Flensburg, da scheißn die drauf. Wo zur Hölle is Flensburg, für son Schinesn? Dafür ham im Schinesnnetz alle so blaue Kittl an. Verstessu? Und so kleine Roboterhunde: Gehen Sie sofort nach Hause! Kommen Sie auf gar keinen Fall mehr raus, bis die Pandemie vorüber is. So gehtas in Schina! Issau egal, vielleicht doch nich der Schinese ... weil da fehlte ja der Tibet, verstessu – die ham kein Tibet im Schinesnnetz, daswürddder DALALAMA merken, das fiele dem auf.«

»Vielleicht der CIA?« Kurt ist stolz auf seinen Einfall: »Der CIA hat bestimmt einen Plan B. Für alle Fälle. Ich meine, in Deutschland ist der Regierungsbunker ja gesprengt worden. Wir haben kein Notcomputersystem – aber der CIA bestimmt.« Kurt redet sich richtig in Rage.

»Der Cie äi ei?«

»CIA.«

»Saggich doch. Gaubich nich. Die ham im Weißn Haus Windows 98 aufn Computer. Habich gelesn. Der Obama hattes gesagt, damals. Uralte Dinger. Windows 98! Der amerikanische Präsident. Isser Hammer, oder? Stellmavoa! Wobei ssum Biden passtas ja wieder, der käm sonst eh nich ssurecht. Was weissn der von Blutuus? Willkommim 21. Jahrhundert! Nee, der CIA nich! Dann schoneher der Puten.«

»Bluetooth? Was hat denn Bluetooth damit zu tun?«

»Nee – ch mein dassandere. Heisstn das nochma? Blackberry? Ach egal. Obwohl telefoniern klappt au nich im Weissn Haus. Muss masichma vorstelln! Rotes Telefon! Funktioniert nich. Die Kamela Harris sacht, der Einssug ins Weisse Haus wär gewesen, wie wenn man – na – von einer Xbox ssu einer alten Atari-Spielekonsole wechselt, ssis unfassba! Und auf ner Atari-Spielekonsole wolln die gegn Terror und Puten gewinn. Dassn anneres Thema. Ich meine – – – ihre Wolkenkratzer sinja auch eingefallwinix, damals, bloß weil da im 65. Stock n Flugsseug reinfuhr, unfassba.«

»Wo könnte es denn sein?« Kurt hakt nach.

»In einer Garage in Kalifornien, Mountain View«, sage ich.

»Wisodnda?«

»Oder in einem oberösterreichischen Kuhdorf – Kronstorf, 3.000 Einwohner.«

»Was? Wie? Kommtas Netz auserechnet na Österreich? Bissu sicher? Weiss der Niethammer das?«

»Wer?«

»Der Chef von denen, Niethammer.«

»Nehammer!«

»Saggichdoch. Deshalb is der beim Puten gewesen! Jetz kapier ich! Und deshalb sind da die rechtn Verschwörungsschwurbler immer ganz vorn. Hab mich schon gewundert, der issoch schon lange tot, der Haider, gewinnen tut er aber immer noch. Aber wenn dadas Internet ssu Hause is, isses ja kein Wunder! Die sin alle vernetzt, sacht ja sogar der Verfassungsschutz! Dann ham diealle einmal Briefwahl gemacht und ladn das einfach immer wieder hoch. Oder runter, die Össerreicher. Verstessu?! So machen die das! Unnichnur in

Amerika falln die Wolkenkratzer ein wie nix – hiern Köln hattas auch schon angefangn. Hier sind auch schon Häuser eingefalln wienix – ganzohne Flugsseuge! Wir hier in Köln machen das mitteiner U-Bahn. So gehtas. Weissu noch? Wir brauchn keine Flugsseuge, Tunnel gebohrt – undssack! Die könn alles. Alles könn die Kölner Verkehrs-Betriebe! Preise erhöhn und ssack! Archiv weg, Finanzamp weg, Schule weg, der Kardinal Wölki muss aufpassn, am Breslauer Platz bohrn die auch schon, hinterm Dom! Ich will dir mawas sagn – die KVB iseine terrorissische Vereinigung! Ernshaff jetz. Die tragen schwarzze Uniformm. Mussudir ma vorstelln. Schwarsse Unifomm wiedie SS. Wir hatten seit der SS keineschwasse Uniformmehr in diesn Land. Die müsse der Verfassungsschutz ma beobachtn, da würden die Sachn sehn! Mein lieber Mann! Dassisein stadteigener Betrieb – dassacht doch genuch in Köln, oder? Weissuwas noch ein stadteigener Betriebiss? Die Spakasse! Die Messe! Die Müllvebennungssanlage! Rheinenerer...gie! Fluhafengeseschaf! Klingels? Das klingelt wies Whoiswho der Kölschen Maffia. Lauter Gangsta in schwarzn Uniformm! Das häng allssusamm!«

Langsam wird mir das Gespräch zu intellektuell.

»Und was hat das alles mit *dem* Netz zu tun, worüber wir hier reden?«, frage ich, um zum Thema zurückzukommen.

»Man müsse einen kennen bei der KVB, damiitie anner richtijen Stelle einen Tunnel bohrn. Einen U-Bahn-Tunnl aufen Cookinseln!«

»Wieso Cookinseln – ich denke, das Netz kommt nach Österreich?«, fragt Kurt. »Und wieso eigentlich Österreich?«

»Weil Google schon seit Jahren nach Kronstorf ziehen will, in Österreich. – Habe *ich* gelesen«, sage ich.

»Issja klar, dassie nach Östserreich gehen mim Internet,

dahassu noch nie was von einstürssenden Neubauten gehört, die hamm keine U-Bahn da, Wolknkratzr aunich – du, ichglaub, diehamm nochnichma ne Klimakrise da n Össerreich. Oder? Jedenfalls nonie gehört. Päderasten hamdieda und Spezln, Kühe, sicher – aber Einstürsse? Nein. Die hamm nichma Häuser da, die hamm nämmich Hüttn. Da sitzen die davor. Un da trinkns eine Melange und guckn ihr Netz an. Wenns da bald is. Dassisoch schön. Unwir schmeißen keine Bombe drauf, wir schicken denen einfach die KVB. Wir reden denen ein, dassie eine Bahn brauchen in Kronstorf, durch die Berge, unterirrdisch. Sensationell, oder? Dammit das Internet schneller hin und her kann. Undann schlagn wir zwei Klappen mit einen Fliege, wir sindie schwarz Sheriffs los, passn au viel besser nach Össerreich, und wenn die dann bohren unter Kronstorf: Ssack!!! Dunkel.«

Katharina Greve

Verfeindetes Pärchen

Katinka Buddenkotte

Uns geht's gut. Und mit »uns« meine ich nicht Sie, oder die Gesellschaft allgemein, sondern: mich. Und natürlich den einzigen Menschen, mit dem ich zusammenlebe. Und den ich immer noch liebe. Wenn ich dazu komme, bei all der Arbeit. Die mir selbstverständlich auch noch Freude bereitet.

Ohne jetzt den Neid weiter schüren zu wollen: Ja, wir sind ein kinderloses Paar. Und residieren in einer Drei-Zimmer-Altbauwohnung. Teils mit unbefristetem Arbeitsvertrag in einer krisensicheren Branche tätig. Zusätzlich verfügen wir über eine stabile Internetverbindung. Ja, wir haben den Hauptgewinn gezogen. Besonders mein Freund. Obwohl der auch sehr gut aussieht. Wobei – ich kann das gar nicht mehr beurteilen. Erstens habe ich ewig kein vollständiges 3D-Gesicht mehr zum Vergleich gesehen, zweitens sind wir beide so lange zusammen, da zählen einfach andere Werte.

Überhaupt zählen wir anders. Nach vierzehn Jahren wilder Ehe haben wir nun endlich beschlossen, dass wir doch eher 21 Jahre zusammen sind. Nicht nur vom Gefühl her, sondern weil wir seit dem ersten Lockdown in Hundejahren rechnen. Statt uns einen Hund zuzulegen. Eine stabile Beziehung besteht eben aus behämmerten Kompromissen. Ich hätte sehr, sehr gern einen Hund. Mein Freund ebenfalls. Aber dank vollständiger Kontaktabstinenz sind wir in den letzten Monaten doch sehr spät, aber gründlich ... asozialisiert worden. Und

Hunde spüren so was ja sofort. Wäre jetzt unschön für alle Beteiligten, wenn wir uns in so einen lieben Wuffi aus dem Tierheim vergucken würden, aber der dann Angst hätte, mit uns auf der Straße gesehen zu werden. Deshalb fanden wir es vernünftiger, unseren Wiedereinstieg in die Gesellschaft erst einmal an weniger sensiblen Geschöpfen zu üben.

Unsere Wahl fiel auf ein befreundetes Pärchen. Ja, so was haben wir tatsächlich: zwei Menschen, die sich mögen, und uns beide auch noch. Teilweise sogar gleichzeitig! Ich weiß, das Konzept klingt schlüpfrig, aber irgendwo muss man ja anfangen, bevor man völlig verkasperhausert. Die Reaktivierung des Kontakts war dann auch ganz unkompliziert. Mein Freund telefoniert nicht gern, ich hingegen hasse es, irgendwo anzurufen. Eine Textnachricht zu verschicken, erschien uns zu riskant. Da besteht ja immer die Möglichkeit, dass die angeschriebene Person gar nicht antwortet. Oder den anvisierten Termin gar cancelt. Schließlich befanden wir, dass unser Wiedersehen mit den beiden sich doch auf ganz natürliche Weise ergeben könne. Sollte. Müsste.

Nur Tage später fuhren wir also ganz zufällig am Abend in unsere ehemalige Nachbarschaft, parkten total spontan am Park und setzten uns dort auf eine Mauer – und lauerten. Um beim Lauern nicht ganz so lauernd zu wirken, probten wir überraschte Gesichtsausdrücke und kombinierten diese mit verschiedenen Grußformeln. Die wir zuvor auf Karteikarten notiert hatten. Das hatte auch notgetan, denn in den vielen, vielen, vielen Monaten der trauten Zweisamkeit haben wir nicht nur gefressen, sondern auch gefastet. Letzteres vor allem verbal. Unsere mündlichen Kommunikations-Skills waren nicht nur eingerostet, sondern zu großen Teilen in riesige Gedächtnislücken gerieselt, die wir provisorisch mit dem Plunder zu füllen suchten, den uns das ausgeleierte Fernsehprogramm an Wiederholungen geboten hatte. Aber für unser befreundetes Paar wollten wir eben alles geben. Außer vielleicht ihnen die Hand. Hatten wir früher auch nicht gemacht, oder? Wir vier hatten uns stets nüchtern zugenickt, oder stockbesoffen umarmt. Als ich gerade darüber grübelte, ob es nicht vielleicht doch umgekehrt gewesen war und ob man sich nach so langer Funkstille eigentlich noch duzte oder wieder siezte, rief mein Freund: »Da! Befreundetes Paar, auf 12 Uhr! Spring!«

Was kann ich sagen: Ab da war's 'ne Punktlandung. Zumindest von unserer Seite aus. Denn wir sprangen – sehr schön synchron – von der Mauer und purzelten direkt vor die Füße der einzigen beiden Menschen, die sich offenbar noch tüchtiger eingeigelt hatten als wir. Ihre Artikulationsfähigkeit war dermaßen verkümmert, dass sie auf unser freudiges Rufen – »Hallo, Dingens! Hallo, Bummens! Wir sind's! Euer befreundetes Pärchen!« – nur mit langen, gellenden Schreien reagierten.

Mein Freund und ich befolgten dennoch unbeirrt das Protokoll. Stufenlos glitten wir von der zugegebenermaßen etwas verholperten Begrüßung zum gepflegten Small Talk über. Ich entschied mich für einen garantierten Eisbrecher, den ich in mühevoller Kleinarbeit aus frühen Peter-Alexander-Filmen zusammengesampelt hatte: »Na, das ist doch famos, dass unser fideles Kleeblatt jetzt wieder vereint ist, oder?« Dingens antwortete prompt, wenn auch wimmernd: »Bitte ... was? Was haben wir denn getan?«

Auf eine derartige Gegenfrage war ich nicht vorbereitet gewesen, aber mein Freund philosophierte mutig aus dem Stegreif: »Tja, Dingens, was tun fidele Kleeblätter? Wahrscheinlich stehen sie zitternd auf Wiesen und fürchten sich vor hungrigen Kühen, nicht wahr?«

»So wie wir heute Abend hier!«, mariusmüllerwesternhagente ich bekräftigend nach.

Die gewagte Improvisation erwies sich als Gamechanger. Bummens und Dingens hatten begriffen, dass auch wir geistig mächtig abgerüstet hatten. Völlig entspannt taumelten sie rückwärts in ein Gebüsch hinein. Wir deuteten unsererseits Unterwerfung an und krochen schnuppernd auf sie zu. Und für einen kurzen, wunderbaren Moment sah es so aus, als hätten die beiden nicht nur ihre Manieren, sondern auch ihre Menschlichkeit wiedergefunden. Sie nahmen die Aufforderung zum Spiel an und warfen mit: Bällchen! Instinktiv jagten mein Freund und ich der Beute hinterher, aber als wir sie brav zurückbringen wollten, war unser befreundetes Paar bereits verschwunden.

Wir waren erschüttert. Auch die Bällchen stellten sich bei genauerer Ansicht als schnöde Portemonnaies heraus. Die darin enthaltenen Personalausweise gaben uns weitere Rätsel auf: Offenbar waren Dingens und Bummens im letzten Jahr nicht nur umgezogen, sondern hatten auch ihre Namen geändert. Na, das passte zu der plastischen Gesichtschirurgie, der sich die beiden offenbar unterzogen hatten. Aber wer ist denn einerseits so dermaßen paranoid und stromert andererseits nachts im Park herum? Es war schon erschreckend, was eine unstrukturierte Isolation aus zwei ganz normalen Leuten machen konnte. Mein Freund und ich saßen noch bis zur Morgendämmerung auf der Wiese, sodass die Strahlen der aufgehenden Sonne unsere nackten Körper wärmen konnten. Unsere Klamotten hatten wir im Homeoffice vergessen. Na ja, Fehler passieren. Aber nicht morgen. Da fahren wir nämlich ins Tierheim, in der Hoffnung, dort aufgenommen zu werden.

BÜROKRATIE
FESTIVA
WIR KÖNNEN ERST ANFANGEN, WENN WIR DEN ZETTEL MIT DEM L GEFUNDEN HABEN.

Filolino

38 Grad Hitzeradeln

Rigoletti

Berlin war groß, lang und breit und auch heiß und staubig. Aber irgendwann kam das Ende der Stadt und mit ihm die Brandenburger Landstraßen, auf denen sich sogar die Autofahrenden fürchten. Aber die Autofahrenden waren sonstwo und wir in der Natur. Die Trittfrequenz, die Trittfrequenz. Und der Radlergruß, das Heben einer Hand mit fröhlichem Hallo oder ein fröhliches Hallo ohne das Heben einer Hand. Mensch und Fahrrad, Menschen und Fahrräder auf Radwegen, Radfernwegen und Fernradwegen, die alle zusammen ein Netz bilden. Das Weltradnetz in der Radnetzwelt.

Wir hatten noch Spontaneinkäufe erledigt, weil Diverses wie Badekleidung zu Hause vergessen worden war. Und trotz neuen Bikinis lockte das Havelwasser nicht. Wegen Zeitverzugs nahmen wir die Wasserflasche.

Ich schwitzte in der Hitzte. Der erste ist der schwerste aller Radtourtage.

Ganz Brandenburg ist durchgelidlt und schwarz-rot-gold beflaggt, bemerkte heiter mein Begleiter.

Blumen wünschte ich mir für die Brandenburger*innen in Brandenburg. Blumen.

Und für die Wildgänse längs des Hochwasserschutzdeichs. Wir hoben die Hände und riefen ihnen große Hallos zu. Sie aber nahmen keine Notiz. Die Wildgans ist ein Zug-, kein Fahrradvogel.

Entlang der Elbe grüßten wir auch die Rinder. Sie nahmen gerade ein Bad. Das Kuhbad, wir kennen es aus dem Fernseher: Die Kuh, das Kalb, der Stier steht hier im Wasser, trinkt und schaut. Das mit schauriger Musik untermalte Vorspiel zum Schauspiel des mit Paukenschlag aus dem Wasser schießenden Riesenmauls, das eins der Tiere in die Tiefe zieht, während die anderen erschreckt das Weite suchen. Aber längs der Elbe spielten keine Filmorchester und standen keine Kameras, nur Rinder und ihre Kinder. So ist ihnen auch nichts passiert.

Nur wir wurden überfallen, das hat uns nicht gefallen. Brandenburger Bremsen bremsten uns, zum Beispiel am Bauch auch. Und Quaddeln kommen nicht vom Paddeln! Rief ich und wünschte Ordnung ins wirre Geschwirre. Formationsanflug, Formationslandung und jetzt bitte ein Muster stechen. Entstellt ging ich ins Zelt, wo's mir nie gefällt. Schon gar nicht bei nächtlichem Gestürm. Angst und Schrecken unter Decken.

Am nächsten Tag radelten wir durch einen Militärwald. Ein Schieß- und Schusswald, als hätte gerade ein Panzermanöver stattgefunden. Sturmschäden lagen kreuz und quer, wir staunten sehr.

Und Kröten, unzählige winzig kleine Kröten. Man kann die Kröten einfach töten, indem man drüberfährt. Wir wollten die Kröten aber nicht töten, sondern ihnen über die Straße helfen. Also trugen wir sie über die Straße, die einen wollten von links nach rechts, die anderen umgekehrt, das hat uns die Arbeit erschwert. Die Toten haben wir begraben und ihnen kleine Holzkreuze geschnitzt. Dem Tod so nah, stellte sich die Sinnfrage: Warum fahren wir eigentlich ständig mit dem Rad?

Es waren Feuchtwiesen längs des Wegs, der längst infrage gestellt worden war. Von mir. Wir nannten es Scheißwegdiskussion. Mein Begleiter sagte, da, der Storch. Und ich: Wie kann ich Störche sehen, wenn meine Augen Richtung Schotter gehen? Der Schotterweg als Fahrradfalle will, dass ich vom Fahrrad falle. Außerdem sagte ich: Störche töten Kröten. Darauf sagte er lange nichts.

Und später: Nirgendwo gibt es größere Spinnen als auf einem Campingplatz. Die Räder nicht an den Zaun lehnen, war die Begrüßung gewesen. Der Zaun, ein schmiedeeisernes Kunsthandwerk, als Grenze zwischen Wohnwagen und uns. Eine Antwort wurde nicht erwartet. Berichten hätte ich wollen von den Schafs- und Rindsanordnungen. Schafe, deren Wolle vor Kälte und vor Hitze schützt, formten Kreise auf die Wiesen. Aus allen Winkeln der Weide waren sie zusammengelaufen, um die Köpfe zu einem Punkt hin, dem Mittelpunkt, zusammenzustecken. In den so entstandenen Schatten versenkten sie ihre Gesichter, und darüber wuchsen Schafskreisel, Schafsblumen. Auch die Rinder suchten Körperkontakt, lagen aber nicht Kopf an Kopf, sondern Lende an Lende wiederkäuend in der Sonne. Das Schaf sagt mäh, weil es mäht. Und die Kuh muht. Kühe mühen. All das hätte ich erzählen wollen, sollte aber mein Fahrrad nicht an den Zaun lehnen und ansonsten die Fresse halten. Auch mein Begleiter hätte lieber nichts gesagt, ein freundliches Guten Tag war ihm entfahren. Dumm stand er rum.

Eingedrungen waren wir in die Welt der Dauercamper. Wir Eindringlinge saßen entweder weit weg auf einem Fahrradsattel oder auf dem Boden vor einem niedrigen Zelt. So gerieten wir in keine der Sicht- und Sprechachsen, die über uns eingerichtet wurden. Große Freundlichkeiten rasten über unsere Köpfe hinweg. Die Helden ihrer Welten waren Papagei Lora, Hund Lando und Mädchen Gretchen. Ja, Gretchen, da ist ja das kleine Gretchen. Lando, mein guter Lando, ja. Lando, Gretchen, Lando, Gretchen. Der Papagei sagte Hallo. Hallo, Gretchen, hallo, Lando. Hallo. Gretchens Mama, ein blondes Schwergewicht, verkündete, morgen zum Erdbeerhof fahren zu wollen. Zum Erdbeerhof. Ja, Gretchen, da ist ja das kleine Gretchen, fährt morgen auf den Erdbeerhof. Soso, Gretchen geht zum Erdbeerhof. Und Lando, darf der auch mit? Nein, Lando bleibt da, der bleibt bei Lora. Hallo. Soso, du gehst morgen also auf den Erdbeerhof. Der Erdbeerhof. Gretchen geht zum Erdbeerhof, und Lando geht zu Lora. Hallo. Morgen früh, da müsst ihr früh los, wenn ihr zum Erdbeerhof wollt, sonst lohnt sich das ja nicht, zum Erdbeerhof, wenn man nicht früh loskommt.

Von diesem Beschuss erschöpft, erwärmten wir eine Dose Ravioli. Die Raviolidose, die ich schon Hunderte von Kilometern herumgefahren hatte, weil ich wenigstens einmal auf dem Campingplatz eine Dose Ravioli zu verspeisen gedachte. Ein feierlicher Akt. Ich lachte mich aus und öffnete die Dose nackt. Nein. Quatsch.

Früh am nächsten Morgen ging Lando zu Lora, und Gretchen wurde zum Erdbeerhof gefahren. Wir fuhren unsere Räder durch Schleswig-Holstein, menschenleeres Land im Norden. Wir fanden die Rinder und Schafe in gewohnter Anordnung. Und Insekten, die im Gemenge aus Sonnencreme, Schmutz und Schweiß auf meiner Haut ihr Leben ließen. Manche Insekten schafften es, sich auf die Innenseite meiner Brille zu retten. Die schlauen durften durch die Brille schauen. Es gab auch Insekten, die auf mich draufknallten und abprallten. Wie viele das überlebten, weiß ich nicht.

Aber wo befand sich die einheimische Bevölkerung? Gärten ohne Gärtnernde. Sitz- und Liegemöbel ohne Sitz- und Liegende. Kaffeetische ohne Kaffee und Kuchen. Das Liegen und Sich-Legen wird in Baumarktprospekten propagiert, auch Kinderspielplätze werden gern genommen und ohne Kinder geliefert, die hat man schließlich selber. Aber wo ist es hin, das schleswig-holsteinische Kind? Vielleicht wird es schon früh in den schleswig-holsteinischen Volkssport eingewiesen, das Sich-Verstecken, sobald sich jemand auf dem Fahrrad nähert. Ein komischer Vogel kündigt sie an, die Radelnden, und alle ducken sich ins Gebüsch. Während wir glaubten, durch menschenleere Dörfer zu radeln, standen hinter jeder Hecke und Ecke, hinter jedem Baum, lagen hinter jedem Zaun Einheimische mit je einer Kaffeetasse und einem Kuchenteller in den Händen. Ein Brauch, der sich bis ins Brandenburgische hinein verbreitet haben muss, denn auch dort hatten wir nie jemanden gesehen.

Das Schleswig-Holsteinische und Mecklenburg-Vorpommersche trennte eine große Laubenpieperei. Glückliche Menschen pflegten vor ihren Minivillen buntes Gepflänz und lächelten uns an.

Der Tag am Meer. Die Räder durften sich ausruhen. Ich versuchte, mich und meinen Bikini lässig in den Sand zu legen. Aber ich musste zählen, ich zählte die Strandmuscheln. 687 Stück und ein paar zerquetschte. Keine Strandmuschel glich der anderen, der Strandmuschelmarkt muss ein riesiger sein. Wird die Strandmuschel den Strandkorb verdrängen, fragte ich. Strandkorbsterben an Nord- und Ostseeküste. Total egal, aber Strandkörbe lassen sich besser zählen. Die muss man nicht zählen, die kann man rechnen nach Reih und Glied. Zusätzlich addierte ich die Einnahmen des Bananenbootfahrgeschäfts. Zufrieden trug der Bananenbootgeschäftsmann seine sonnengebräunten Armtattoos vor sich her und ahnte nicht, dass ein kleiner Junge, Mattis, gerade dabei war, den ganzen Strand zu unterhöhlen, statt rumzunölen. Sein Vater sollte ihm dabei helfen und war ein guter Schaufler, der beste Schaufler, fand Mattis. Doch plötzlicher Einbruch, die Baustelle konnte sie nicht mehr tragen, und Mattis begann, zu klagen und zu schimpfen. Mattis' Vater hätte festklopfen müssen. Festklopfen, schrie er, der Schimpfpimpf. Ich wollte sofort ein Eis gegen den Schweiß.

Die mecklenburgische Landbevölkerung hat ihre eigene Sportart. Steigen sie aus einer ihrer Seenplatten, ziehen sie Grimassen. In Massen. Um sie und vor allem mich zu erheitern, radelte ich, sie imitierend, in jedes Gruppen- und Familienfoto hinein. Während ich die Lippen schürzte und prompt in den Sand stürzte, folgte eine Scheißwegdiskussion. Es lag doch auf der Hand, in diesem Land gibt es nur Sand. Da kann man nicht Fahrrad fahren. Nur am Rand. Ich wollte ab sofort im Auto rumgefahren werden. Aber wohin? Zum Erdbeerhof? Doch Radeln kann nicht schadeln. Nach Waren sind wir noch gefahren, den Rest erledigte die Bahn.

Wieder daheim, pfeilten die Einheimischen auf ihren schnellen Fahrrädern an uns vorbei. Wir wurden nicht als solche erkannt und von diesen am liebsten verbannt. Die unangemessene Ladung auf unseren Gepäckträgern degradierte uns zu Tourist*innen. Man erkennt sie, weil sie auf dem Radweg unterwegs sind, normalerweise ohne Rad.

Der Urlaub ist aus, rief ich hinaus. Aber keiner hörte hin, denn das ist Berlin.

Stefanie Sargnagel

Hacke, knülle, rotzevoll

Ella Carina Werner

In jeder Kultur gibt es bestimmte Dinge, für die es besonders viele Wörter gibt. Und andere Dinge, für das ein einziges Wort reicht.

»Das ist kein Zufall, sondern Ausdruck der Wertschätzung einer Gesellschaft«, sagt Dr. Arnapkapfaaluk Ashevak, Dozentin für mitteleuropäische Ethnologie an der Universität Nuuk. Jetzt hat die grönländische Wissenschaftlerin eine aufsehenerregende Entdeckung gemacht: Die Deutschen kennen hundert Wörter für den Zustand der Trunkenheit! Eine schier beeindruckende Fülle an fein abgestuften Begriffen: Ob alkoholisiert oder betrunken, hackedicht oder stockbesoffen, knülle, bums- oder rotzevoll, beschickert, beduselt, benebelt, stralle, lattenstramm, angeheitert, angesäuselt, berauscht, beschwipst, sturzbesoffen und 84 mehr. Was den Inuit der geliebte Schnee und den Engländern der Penis (»ding-a-ling«, »beef-thermometer« usw.), ist den Deutschen eben der Suff.

»Die Deutschen leben nun mal in einer ganz anderen Welt als wir Inuit. Für uns ist besoffen sein eben einfach besoffen sein. Wer aber verschiedenste Aggregatzustände der Trunkenheit unterscheiden kann und dies sogar in seiner Sprache festschreibt, für den hat dieser Teil des Lebens besondere Bedeutsamkeit«, erklärt Dr. Ashevak.

Mithilfe eines Postdoc-Stipendiums hat die junge Ethnologin mit den eisblauen Augen die letzten zwei Jahre in Deutschland gelebt, mitten unter der Bevölkerung, und die rauschhaften Synonyme gesammelt: Auf Spielplätzen und in U-Bahn-Schächten, auf SPD-Parteitagen und in Leitartikeln der FAZ, auf DAX-Treffen und Flatrate-Partys, bei ausufernden Damenkränzchen und exzessiven Suhrkamp-Empfängen war die Forscherin unterwegs, um die deutsche Sprachvielfalt zu studieren.

Das Interessante dabei: »Zum Teil zeigen sich erhebliche Bedeutungsunterschiede«, analysiert Dr. Ashevak ihren Fund. »Betüddelt« zum Beispiel meint den lediglich leicht angetrunkenen Zustand der sonst beherrschten norddeutschen Dame, das verwandte »angeschnasselt« wiederum die kaum ernst zu nehmende Pseudo-Angetrunkenheit rheinischer Abiturientinnen und steht unbedingt in Verbindung mit sahnigen Likören. »Angetrunken« ist wiederum das Zwischenresultat des langsamen, gediegenen, eher kontemplativen Alkoholmissbrauchs, »knülle« hingegen des taghellen, raschen, geselligen Mittagspausensuffs. »Abgefüllt« bezeichnet, in seiner passiven Anmutung, die willenlose deutsche Hausfrau zwischen zwanzig und fünfzig, »bumsvoll« das solide mittlere Stadium der Trunkenheit, kurz vorm Klimax, wo das Gefühl der Euphorie beinahe ins Melancholische kippt, während »lattenstramm« am äußeren Endstadium der Trunkenheit anzusiedeln ist.

Daneben existieren noch zahlreiche regional gefärbte Begriffe, insbesondere in Norddeutschland. »Hier ist das Saufen nun mal zentraler Teil der Alltagskultur«, erklärt Dr. Ashevak die verschwenderische nordische Bandbreite von »betütert« bis »benusselt«. Letzteres ist Ashevaks Lieblingsterminus, welchen sie bislang jedoch nur ein einziges Mal gehört hat: auf der Reeperbahn kurz nach Sonnenaufgang aus dem Munde von Olaf Scholz.

Doch nicht nur als Zaungast hat Dr. Ashevak ihre Feldstudien betrieben. »Ab und an«, sie lächelt ihr verschmitztes Inuit-Lächeln, »auch als teilnehmende Beobachterin!« Dutzende Selbstversuche hat sie an sich durchgeführt: vier, fünf Hefeweizen weggeschädelt und sich zum eigenen Erstaunen plötzlich in süddeutscher Mundart wiedergefunden, sich lauthals lallend als »zua« oder »blunzenvoll« tituliert.

Mit ihren spektakulären Ergebnissen hat sich Dr. Ashevak in der Fachwelt einen Namen gemacht. Im September geht sie zurück an ihre Uni in Nuuk. Doch: »Wer weiß«, sagt sie, »vielleicht kehre ich in ein paar Jahren nach Deutschland zurück.« Denn hier, das konnte sie beim letzten Bundespresseball bereits verspüren, existiert ein weiteres üppiges Sprachfeld, das geerntet werden will: eimerweise Wörter für erbrechen! Reihern, kotzen, rückwärts essen, über die Zunge scheißen, göbeln, bogenhusten und viele Dutzend mehr.

Kein Garten e.V.

Kittihawk

Konfliktberatung

Mariella Tripke

Die meisten Menschen werden schon einmal davon gehört haben: Wenn man in Deutschland als ungewollt schwangere Person eine Abtreibung wünscht und das aus persönlichen und nicht aus medizinischen Gründen, dann muss man vor dem Eingriff zu einer sogenannten Konfliktberatung. Die ist oft übergriffig, traumatisierend und hat mit Beratung in etwa so viel zu tun wie Nordkorea mit Menschenrechten. Diese Konfliktberatungen für Schwangere müssen sich ändern. Und ich habe auch schon eine Idee, wie die aussehen könnten. Ich habe da mal etwas skizziert ...

Ein heteronormatives Paar sitzt in einem eher kargen Wartezimmer mit gepolsterten Korbstühlen, einem grauen Teppich und orangener Schwammtechnik an der Wand, die wohl mediterran aussehen soll. Die Frau blättert in einem uralten Spiegel, *der Mann liest sein* Gala-*Horoskop vom letzten Jahr im September. Nach einem Seufzer beginnt die Frau zu sprechen:*

Frau

Ich verstehe das mit dieser Beratung nicht. Ich bin doch erwachsen, warum traut man mir nicht zu, eigene Entscheidungen zu treffen?

Der Mann zuckt mit den Schultern.

Mann

Das Gesetz will es halt so. Hör dir kurz an, was die Frau zu sagen hat, und dann ist doch gut. Weißt doch, wie das läuft: nicken und sich seinen Teil denken. Und vielleicht erzählt sie uns doch noch was Interessantes. Wir wissen doch echt nicht, was auf uns zukommt.

Die Frau verzieht das Gesicht.

Frau

Es nervt mich halt. Und es ist zeitraubend. Ich muss für den Scheiß hier Urlaub nehmen.

Die Türe zum Wartezimmer öffnet sich. Darin steht Frau Schulte.

Schulte

Melanie Siedenkamp?

Die Frau nickt.

Schulte

Wie schön. Und Ihren Partner haben Sie auch mitgebracht. Das sehen wir gerne. Kommen Sie bitte rein.

Das Paar Siedenkamp folgt Frau Schulte eher widerwillig ins Besprechungszimmer.

Schulte

Also, Sie haben eine ärztlich bestätigte Schwangerschaft und sind jetzt zur Beratung hier, richtig?

Die Frau nickt.

Frau

Ja, das ist richtig. Allerdings steht meine Entscheidung. Ich mache das hier nur wegen der gesetzlichen Vorgaben. Also lassen Sie es schnell hinter uns bringen.

Frau Schulte nickt freundlich lächelnd.

Schulte

Das ist gut zu wissen. Aber vielleicht kann ich Ihnen doch noch etwas Neues erzählen. Mit der Schwangerschaft als solcher haben Sie sich bereits auseinandergesetzt?

Frau

Ja, ich bin schwanger, und nach 40 Wochen werde ich ein Kind zur Welt bringen. Das ist alles nicht so kompliziert, wissen Sie?

Frau Schulte wiegt jetzt skeptisch den Kopf. Mit solchen Frauen wie dieser kennt sie sich aus.

Schulte

Im Idealfall ist es nicht »so kompliziert«. Aber

wir sind ja auch hier, um nicht über den Idealfall zu sprechen, sondern über das, was darüber hinaus passieren kann. Dieses Gespräch dient der Aufklärung. Also: Sie müssen mit einer möglichen Schwangerschaftsdiabetes rechnen, Wassereinlagerungen, Krampfadern, Hämorrhoiden, schmerzhaft empfindlichen Brüsten und Frühwehen, die Sie jederzeit ereilen können. Auch die Übelkeit kann sich noch so weit verschlimmern, dass Sie eventuell über einen Tropf ernährt werden müssen. Und das sind alles nur die harmlosen Schwangerschaftskomplikationen. Ist Ihnen das alles klar?

Frau

Ja, das ist mir alles bewusst. Ich lese in Schwangerschaftsforen, und mir ist, glaube ich, jede Form der Komplikation bekannt. Selbst die, die eigentlich kaum bekannt sind. Das sind für mich keine Argumente.

Frau Schulte nickt wieder wissend. Dann räuspert sie sich.

Schulte

Okay. Was ist mit fehlenden beziehungsweise überfüllten Kreißsälen? Ist Ihnen bewusst, dass die Möglichkeit besteht, dass Sie bei der Geburt abgewiesen werden, weil der Kreißsaal schon voll ist?

Frau

Darüber mache ich mir Gedanken, wenn es wirklich so weit ist.

Frau Schulte findet, dass es jetzt Zeit ist, den Mann zu involvieren. Für den wird das ja alles auch kein Zuckerschlecken.

Schulte

Herr ... ähm?

Der Mann antwortet so stolz, wie Männer, die sich erfolgreich fortgepflanzt haben, oft antworten.

Mann

Scharlau. Ich bin der werdende Vater.

Schulte

Herr Scharlau, trauen Sie sich zu, die Geburt Ihres Kindes zu betreuen?

Der Mann guckt entsetzt, denn das traut er sich definitiv nicht zu.

Mann

Nein?!?

Schulte

Tja, darauf sollten Sie sich aber vorbereiten. Was glauben Sie, wer Ihrer Partnerin bei der Entbindung hilft, wenn Sie keinen Platz im Kreißsaal bekommen? Wir sind hier, um ALLE Eventualitäten zu besprechen.

Frau

Aber wir können ja für den Notfall auch eine Hebamme buchen?

Frau Schulte muss ein bisschen lachen, weil die Frau so naiv ist. Sie versucht aber, es sich zu verkneifen. Weil auslachen nicht nett ist.

Schulte

Liebe Frau Siedenkamp. Hebammen sind gerade auch schwer zu bekommen. Sowohl für die Geburtsbetreuung als auch für die Nachsorge. Wenn Sie also ein Baby austragen wollen, dann sollten Sie sich eben auch darauf vorbereiten, dass Sie keine Hebamme oder keinen Kreißsaal bekommen.

Die Frau hat keine Lust mehr auf Frau Schulte, die ihr alles madig machen will. Sie möchte das Gespräch jetzt lieber beenden.

Frau

Okay, machen wir. Wir bereiten uns vor. Ich gucke mir einfach ein paar Geburten auf YouTube an. Gott segne das Internet. War's das jetzt?

Schulte

Nein, wir müssen natürlich noch über fehlende Kitaplätze sprechen und die Teilzeitfalle. Sind Sie Typ Karrierefrau, oder ist es Ihnen egal, dass Sie sich finanziell von Ihrem

Partner abhängig machen und eventuell sogar in die Altersarmut schlittern?

Der Mann hat das Gefühl, dass es Zeit wird, sich wieder in das Gespräch einzubringen, denn im Gegensatz zu einer DIY-Geburt haben die beiden über die Betreuung gesprochen.

Mann

Das haben Melanie und ich besprochen. Wir werden das Kind gleichberechtigt betreuen. Ich werde auch Elternzeit nehmen und im Job Abstriche machen.

Jetzt lacht Frau Schulte schallend, ohne sich zurückzunehmen.

Schulte

Ja, das haben schon viele Männer behauptet. Drei Monate Elternzeit, aber alles sehr gleichberechtigt und ... Na ja ... Lassen wir das. Ich muss Sie eben über diese Dinge informieren, aber ich will Ihre Entscheidung natürlich nicht beeinflussen.

Die Frau möchte jetzt nicht mehr höflich drum herumreden. Ihr reicht es langsam mit dieser Babyhasserin Frau Schulte. Sie antwortet schnippisch und mit angemessen hochgezogener Augenbraue:

Frau

Komisch, dabei habe ich das Gefühl, das einzige Ziel dieses Gesprächs ist es, uns unser Baby auszureden.

Frau Schulte hebt beschwichtigend die Hände. Als ob dieser Gegenschuss gesessen hätte. Hat er nicht – ihr war klar, dass diese Anschuldigung irgendwann kommt. Sie kommt immer.

Schulte

Nein, nein. Ich möchte wirklich nur informieren. Es ist nicht leicht, ein Kind zu bekommen und aufzuziehen, und auch unser fortgeschrittener Staat hat da Defizite, die er bisher nicht regulieren konnte. Deswegen hat man sich auf diese Beratung verständigt.

Frau

Okay. Aber Sie haben uns ja jetzt beraten. Kann ich nun diesen Wisch haben, damit ich zum Ultraschall gehen und mein Baby sehen kann? Ich werde es nämlich bekommen. Egal, was Sie sagen.

Die Frau steht auf, um zu verdeutlichen, dass sie mit diesem Gespräch jetzt wirklich fertig ist.

Schulte

Moooment, da wären noch Dinge wie Kindergeburtstage, Elternabende und dazugehörige WhatsApp-Gruppen. Sind Sie auch dazu bereit?

Die Frau nimmt ihren Mantel vom Stuhl.

Frau

Ja.

Schulte

Vollgekotzte Klamotten? Schokoladenverschmierte Sofas? Wenig Schlaf?

Die Frau bewegt sich auffällig unauffällig Richtung Türe und antwortet eher über die Schulter.

Frau

JA! Das ist uns alles bewusst. Wir sind nicht dumm. Können wir jetzt bitte diesen Schein haben? Ich muss dringend zur Toilette.

Frau Schulte triumphiert innerlich. Ja ja … Schwangere und die liebe Blase.

Schulte

Und auch das wird in den nächsten Wochen nicht besser. Sie werden jede Nacht mehrfach aufstehen – und dann kommt noch das Sodbrennen. Aber gut.

Frau Schulte tippt etwas in ihren Computer.

Schulte

Meine Sprechstundenhilfe gibt Ihnen den Beratungsschein.

Das Paar seufzt erleichtert auf.

Die Frau hat Frau Schulte aber noch nicht verziehen. Ihr Ton bleibt unterkühlt.

Frau

Prima. Dann wünsche ich Ihnen noch einen schönen Tag.

Schulte

Ich Ihnen auch. Und Händewaschen nicht vergessen.

Mann

Wegen der Schwangerschaft?

Schulte

Nein, damit keine neue Pandemie ausbricht. Aber auch damit sollten Sie übrigens als werdende Eltern kalkulieren und vielleicht schon mal Ihr Schulwissen auffrischen – für das Homeschooling.

Der Mann zieht die Frau jetzt schnell aus dem Besprechungsraum hinaus. Doch bevor die Türe sich schließt, hört Frau Schulte noch die Stimme der Frau.

Frau

Du, Mann. Daran hatte ich gar nicht gedacht. Vielleicht sollten wir doch noch mal über Kinder reden? Was ist, wenn eine neue Pandemie ausbricht? Oder Krieg?

Frau Schulte lehnt sich entspannt zurück und verschränkt zufrieden die Arme. Menschen müssen aufhören, so naiv mit ungeborenem Leben umzugehen. Wie gut, dass es ihre Beratung gibt.

Falls diese Form der Beratung jetzt nicht den Anklang findet, den ich mir erhofft hatte: Man könnte auch eine Art Wichsberatung anbieten. Menschen mit Penis, die zeitnah planen, sich einen runterzuholen, wie es so schön heißt, müssen vorher zu einem Beratungsgespräch, in dem ihnen erklärt wird, wie viel potenzielles Leben elend in einem Taschentuch verstirbt, und das, obwohl es Menschen gibt, die sich sehnlichst ein Baby wünschen. Alles würde mehr Sinn machen als ungewollt Schwangeren, die eh schon mit Nebenwirkungen dieses Zustands zu kämpfen haben, unnötig auf die befruchteten Eier zu gehen und den nötigen Eingriff so unverhältnismäßig hinauszuzögern.

Die Freunde des Statisten

Miriam Wurster

Das gute Leben

Friederike Gräff

Bernward Kreuzträger hatte nie eine besondere Nähe zu Schafen gespürt. Dennoch beschloss er an einem Mittwoch, sich einer kleinen Herde anzuschließen. Kreuzträger hatte in den vorangegangenen Wochen zunehmend gereizt auf die Nähe anderer Menschen reagiert. Es verärgerte ihn, wenn sich Fahrgäste im Bus neben ihn setzten. Er wurde zornig, wenn Leute auf der Straße vor ihm gingen, aber er wurde auch zornig, wenn sie hinter ihm gingen. Bernward Kreuzträger wusste, dass sein Zorn grundlos war, und als er in Versuchung geriet, eine dicke Frau, die mit Tüten beladen vor ihm ging, umzustoßen, rief er die Telefonseelsorge an. »Ich bin voller Zorn«, sagte er zu der Dame der Telefonseelsorge. »Wissen Sie, warum?«, fragte sie. »Nein«, sagte Bernward Kreuzträger. Die Dame empfahl ihm eine Gruppentherapie; vielleicht ginge es darum, Nähe und Distanz einzuüben, sagte sie.

Bernward Kreuzträger fand die Idee einer Gruppentherapie erschreckend. Er erinnerte sich, dass eine Cousine einmal voller Freude über ihre Therapiegruppe gesprochen hatte. Die Mitglieder der Gruppe hatten ihr mitgeteilt, dass sie Angst vor ihr hätten und dass sie für ihr Empfinden zu viel redete, aber das hatte ihrer Begeisterung keinen Abbruch getan. Bernward Kreuzträger wollte nicht Teil einer solchen Gruppe sein. Aber am Mittwochmorgen las er einen Artikel über einen Bräutigam, der auf seiner Hochzeit die gesamte Hochzeitsgesellschaft erschossen hatte. Er sei sehr zornig gewesen, sagte der Bräutigam den Polizisten, die ihn festnahmen. Worüber er zornig gewesen war, konnte er nicht sagen. Am Nachmittag ging Bernward Kreuzträger spazieren und traf hinter einer Wegbiegung unvermittelt auf eine Schafherde. Es waren zwölf Tiere, und nur zwei sahen auf, als Bernward Kreuzträger sich ihnen näherte. Er beschloss, die Herde einmal pro Woche für eine Stunde aufzusuchen.

Zur ersten Sitzung brachte er einen Klappstuhl mit. Als er den Zaun überstieg, lief die Herde an das andere Ende der Weide. Er setzte sich mit dem Rücken zu ihnen, aber auch nach Ablauf einer Stunde vermieden die Tiere seine Nähe. Am Abend las er in »Brehms Tierleben« das Kapitel über Schafe. Brehm hatte ihnen nichts abgewinnen können, er fand sie ängstlich und dumm und zog ihnen die Ziegen vor. Bernward Kreuzträger fragte sich, ob er sich einer Ziegenherde hätte anschließen sollen, aber er wusste nicht, wo er eine finden sollte. Vielleicht wäre es auch zu einfach gewesen, schließlich ging es nicht um Sympathie.

Am folgenden Mittwoch entfernte sich die Herde erneut von ihm. Nach einer halben Stunde kamen Spaziergänger an der Weide vorüber, Bernward Kreuzträger erhob sich von seinem Stuhl und versuchte, den Eindruck eines Schäfers zu erwecken. Es schien ihm, dass er keine Fortschritte machte, und als sich beim Bäcker ein Halbwüchsiger vordrängelte, spürte er große Wut in sich aufsteigen. Auf dem Rückweg kam er an einem Friseurgeschäft vorbei. Es war ein billiger Friseur, der Trockenschnitte und Dauerwellen anbot, und im Fenster hing das verblichene Foto eines Mannes, dessen Kopf voll kleiner Locken war. »Er sieht aus wie ein Schaf«, dachte Bernward Kreuzträger und ging hinein und verlangte die gleiche Frisur. »Das haben wir nur noch selten«, sagte die Friseurin. »Die meisten Männer Ihres Alters lassen sich den Kopf rasieren.« »Im Herbst vielleicht«, sagte Kreuzträger. »Ich muss es mir noch einmal überlegen.«

Als er das nächste Mal die Herde besuchte, erschien sie ihm weniger schreckhaft, aber das konnte auch an den Brotresten liegen, die er mitbrachte. Die Schafe drängten sich nach vorn, schnappten mit gelblichen Zähnen nach dem Brot und liefen davon. Bernward Kreuzträger freute sich, dass sie das Brot akzeptierten, aber ihm missfiel, wie sie sich gegenseitig abdrängten. »Sie haben doch genügend zu fressen«, dachte er. »Wie soll es denn werden, wenn sie einmal wirklich hungrig sind?« Er setzte sich auf seinen Stuhl, während sich die Schafe im hinteren Drittel der Weide verteilten. Ein Lamm näherte sich, aber als Bernward Kreuzträger es anblökte, lief es davon. Er versuchte, sich die einzelnen Tiere und ihre Unterschiede einzuprägen, aber außer einem mit auffallend kurzen Ohren und einem, das ihm ungewöhnlich dick erschien, sahen sie für ihn alle gleich aus. Ihm gefiel das stete Blöken der Lämmer und das verlässliche Antworten der Mütter, aber ihr Blick erschien ihm gelblich-dumm.

Am Abend vor der siebten Sitzung mit den Schafen besuchte Bernward Kreuzträger eine Philosophievorlesung. Sie hieß »Das gute Leben«, und Kreuzträger erhoffte sich von ihr Antworten.

Der vortragende Philosoph sah aus wie ein Tennisprofi und hatte eine heiter-agile Art. Er war ein Anhänger der Hedonisten, deren Idee, dass das gute Leben in der Empfindung von Freude bestünde, zu Unrecht in Verruf geraten sei, so sagte zumindest der Dozent. Er sagte, dass einige Hedonisten eine Idee von aufgeklärten Freuden entwickelt hätten, die zu betrachten lohnend sei. Eine alte Dame in der ersten Reihe merkte an, dass sie Aristoteles' Modell der Selbstvervollkommnung interessanter fände. Bernward Kreuzträger wollte ihr beipflichten und fragen, ob nicht auch in der Selbstvervollkommnung Freude liegen könne, nämlich die Befriedigung, dem Selbstideal näher zu kommen, aber der Philosoph sah seine erhobene Hand nicht und rief stattdessen zwei andere Frager auf.

Bernward Kreuzträger fragte sich, zu wie viel weiteren Sitzungen mit den Schafen er verpflichtet war, angesichts der ausbleibenden Fortschritte setzte er fünf Stunden an. Beim nächsten Treffen brachte er Werkzeug und Bretter mit. Er baute einen Parcours mit sechs Hindernissen, obwohl er wusste, dass Schafe ungeübte und unwillige Springer sind. Er stellte ihn in dem Teil der Wiese auf, in den die Schafe üblicherweise vor ihm auswichen, doch keines sprang darüber, nicht einmal die Lämmer. Als Bernward Kreuzträger das nächste Mal kam, waren die Hindernisse zertrümmert. Er fragte sich, ob die Schafe damit ihren Unmut hatten ausdrücken wollen, und betrachtete sie mit neuer Sympathie.

Vor dem letzten Treffen ging Bernward Kreuzträger in ein Zoofachgeschäft. »Ich möchte Leckerbissen für eine Schafherde kaufen«, sagte er. »Sind es Mastschafe?«, fragte der Zoofachhändler. »Ich glaube nicht«, sagte Bernward Kreuzträger und wurde zornig, weil er es nicht wusste, aber er versuchte, es zu verdrängen. »Woran würde ich das erkennen?«, fragte er. »Sie sind fleischiger«, sagte der Zoofachhändler. »Sie sind nicht sehr fleischig«, sagte Bernward Kreuzträger. »Sie sind eher unauffällig.« »Es werden Ostfriesische Milchschafe sein«, sagte der Zoofachhändler. »Das sind die meisten hier.« Er holte ein Buch aus dem Nebenraum und zeigte ihm ein Foto. Daneben stand, dass das Ostfriesische Milchschaf großrahmig und frohwüchsig sei, aber Bernward Kreuzträger fand, dass es im Vergleich zur Moorschnucke, die einem Teppich ähnelte, uninteressant wirkte. Er kaufte zwei Kilo gequetschten Hafer, vier Kilo Sojaextraktionsschrot und, weil er nicht knauserig sein wollte, auch noch vier Kilo Melasseschnitzel.

Bernward Kreuzträger fand, dass man die Abschlusssitzung nicht in die Länge ziehen musste. Ihm schien, dass die Treffen keinen Erfolg gezeigt hatten, aber er sah niemanden, der daran Schuld trug. Er setzte sich auf seinen Klappstuhl und betrachtete die Trümmer seines Parcours. Dann verstreute er die Melasseschnitzel, das Sojaextraktionsschrot und den Hafer, während die Herde in die andere Hälfte der Weide davonlief. Am nächsten Tag ging er zu dem billigen Friseursalon und ließ sich die Haare scheren.

Tod einer berühmten Henne
Requiem in Komposita

Patti Basler

Eine
Eier legende
Eier-Legende
kommt zu ihrem
Eier-Leg-Ende
Ende

Hinter jeder erfolgreichen Frau steht ein Mann, der sie unterstützt.

Dorthe Landschulz

Der Aufstieg der Prozentbegabten

Julia Mateus

Während in Politik und Medien noch immer über das Für und Wider einer Frauenquote diskutiert wird, hat sich eine Gruppe von Dilettantinnen organisiert (Schlachtruf: »Wir sind die 50 Prozent!«), um Männer von Bürostühlen und Chefsesseln zu schubsen. Eine Reportage.

Selbstzufrieden lässt sich Anna in den Fahrersitz ihres Audi A5 sacken und zieht genüsslich an ihrer Lucky Strike. Das Gespräch lief gut, findet sie. Wo noch mal? Ach ja, an der RWTH Aachen, am Institut für Elektrotechnik, hatte sie ja heute Morgen noch mal nachgeguckt. Anna mustert sich im Rückspiegel. Hups, den pflaumengroßen Marmeladenfleck auf ihrer Bluse hat bestimmt keiner gesehen. Und die verknickte Bewerbungsmappe wird man ihr wohl verzeihen, ebenso wie die Tatsache, dass sie den Namen des Prodekans vergessen hatte. Zum Glück war direkt vor dem Gebäude noch ein Frauenparkplatz frei, sonst wäre aus den 45 Minuten Verspätung wohl eine ganze Stunde geworden. Aber auch das: geschenkt.

Ihr Lebenslauf spricht für sich. Sieben Stellen als wissenschaftliche Mitarbeiterin in den letzten drei Jahren, alle nur für ein paar Monate, für die Promotion gab es gerade noch ein »Ausreichend«, die Diplomprüfung bestand sie mit Ach und Krach im zweiten Anlauf. Anna ist zuversichtlich: Die

Professorenstelle hat sie in der Tasche. Hat ja bisher immer geklappt. Anna ist Quotenfrau.

Sie ist eine von 200.000 Stipendiatinnen der von der Bundesregierung geförderten Stiftung N.U.L.P.E. (Netzwerk unterqualifizierter leistungsverweigernder postenanstrebender Emanzen). Ihr Ziel: Quotenregelungen ausnutzen, um Männer aus gut dotierten Positionen zu verdrängen. Mit staatlichen Mitteln, häufig mit Erfolg und schwerwiegenden Konsequenzen. Das Bundesamt für Statistik spricht vom »Karriereknick«, der sich bereits kurz nach der Einführung der Frauenquote in Aufsichtsräten aus der statistischen Auswertung männlicher Erwerbsbiografien eindeutig ablesen ließ. »Der ›Abbau gläserner Decken‹ führt für viele Männer zu einem ruckartigen Fahrstuhleffekt nach unten«, meint Soziologin Dr. Brigitte Vossmöller. »Diese Frauen wollen kein Stück vom Kuchen, sondern das ganze Tortendiagramm«, weiß Quotenexperte und -mann Thomas Schulz, der in diesem Text ja schließlich auch zu Wort kommen muss.

Viele männliche Bewerber haben es bereits erlebt: Das Qualifikationsprofil ist passgenau, das Vorstellungsgespräch läuft perfekt, man hat den Job »eigentlich schon so gut wie im ›Sack‹« – und dann die überraschende Absage. In diesen Fällen steckt so gut wie immer eine Quotenfrau dahinter. Kein Wunder also, dass fast jeder von uns einen Mann in der Familie oder im Freundeskreis kennt, der schon Opfer einer solchen Ungerechtigkeit geworden ist.

Ihre Zahl wächst kontinuierlich, auch wenn nicht jede eine Quotenfrau werden kann. Ausgeprägte Talente, Fleiß und herausragende Leistungen stehen dem Berufswunsch häufig entgegen. Bei Anna war der Weg schon früh vorgezeichnet: Vor 35 Jahren kam sie im nordrhein-westfälischen

Ratingen nach sechs Brüdern endlich zur Welt. Schon im Vorschulalter lehnte sie mädchenhafte Kleider ab, trug stattdessen ein Kostüm aus Bleistiftrock und Blazer. Weibliche Vorbilder hatte sie nicht, einzig Schlumpfine war eine Heldin ihrer frühen Kindheit. Mit neun wurde sie Mitglied im Verein der örtlichen Modelleisenbahner, mit 13 machte sie den Angelschein, in der Schule interessierte sie sich nur für Prozentrechnung. Nach dem Abitur folgte dann das Ingenieurstudium an der Uni Braunschweig.

Ihre Studienzeit nutzte Anna, wenn sie nicht gerade mit dem Quotennazi von der Grünen Hochschulgruppe knutschte, um sich mit anderen »Prozentbegabten«, »Quotenheldinnen« oder »Anteils-Elsen«, wie sie sich selbstironisch nennen, zu vernetzen. Ihr Erkennungszeichen: ein rautenförmiger 50%-Aufnäher. Sie verabredeten sich zu konspirativen Sitzkreisen in den Hinterzimmern der Bibliothek, tranken Yogi-Tee mit Weinbrand, scherzten über ihren emsigen Analysis-Tutor Henning, das Leistungsprinzip und die FDP. Verbindungen fürs Leben entstanden.

Es sind Seilschaften wie diese, die es den »Quotenhippen« (Matthias Matussek) später ermöglichen, die Strippen zu ziehen. Immer häufiger sitzen Quotenfrauen an den Schaltknüppeln der Macht, obwohl sie oft nur einen Mofaführerschein besitzen. Wäre eine Führungsposition in der freien Wirtschaft auch für Anna interessant? »Och nö, viel zu anstrengend.« Sie bleibt lieber an der Uni. Ihr Smartphone klingelt. Es ist ihre Mentorin Silke, 32 Semester Maschinenbau, 50%-Rauten-Tattoo auf dem Oberarm, heute Aufsichtsrätin bei VW, der FIFA, Matratzen Concord und der Pfalzwein AG.

Sie möchte wissen, wie es gelaufen ist. »Easy«, sagt Anna. »Der eine von denen, Dekan, glaub ich, war irgendwie angefressen. Keine Ahnung, warum, aber egal, was soll er schon machen?« Sie lacht siegessicher, pult sich die letzten Müslireste aus dem Mundwinkel und zieht ihren Lippenstift nach. Alles ist nach Plan gelaufen. Zwei Wochen später bekommt sie die Zusage. Ein weiterer Etappensieg. Am Ziel ist Anna aber erst, wenn sie ihren Fachkollegen und ehemaligen Kommilitonen das letzte Lehrstuhlbein abgesägt hat.

Wohnraumverdichtung

Teresa Habild

Ägyptisch lernen

Daniela Böhle

»Wenn du Ägyptisch lernst, kannst du nichts falsch machen, das versteht man in allen arabischen Ländern!«, sagt Zumaya. Sie muss es wissen, sie ist Ägypterin. Und sie bringt mir die ersten Wörter bei. Bis zehn zählen, »Guten Tag« sagen und »Wie geht's?« sowie »Gut, danke«.

Die Hälfte der Wörter kratzt man sich hinten vom Gaumen. Zumaya, die nicht nur Ägypterin ist, sondern auch Hocharabisch studiert hat, erzählt, dass man als Nichtmuttersprachlerin ein halbes Jahr lang mehrere Stunden pro Woche einen Kurs belegen muss, in dem man nichts anderes lernt als die Aussprache von drei Buchstaben. Einer davon ist ein d, für das man die Zunge von den Seiten her einrollt und mit der Spitze dieser Rolle kurz hinter der oberen Zahnreihe an den Gaumen stupst. Ich versuche das ein paarmal, komme mir vor wie ein Trottel und denke an diese dumme Geschichte vom Ellenbogen, den man nicht anlecken kann, was man aber trotzdem versucht.

Inzwischen nehme ich seit etwa einem halben Jahr Unterricht bei Nabil, dem einzigen Ägyptischlehrer in Berlin. Bisher bin ich ohne das komische d ausgekommen, aber mir fehlt einfach Praxis.

Heute ist wieder einer dieser typischen Abende, die sich in letzter Zeit häufen. Ich lungere auf einem U-Bahn-Steig herum und versuche, etwas Arabisch aufzuschnappen. Endlich finde ich zwei ältere Herren auf einer der Bänke und setze mich mit dem Rücken zu ihnen, um sie zu belauschen. »Fünf«, höre ich heraus und »Okay« und »Und du«. Verdammt, sie sprechen einfach zu schnell! Ich zermartere mir den Kopf, was »Bitte sprechen Sie langsamer« heißt. Leider fällt mir nur das Wort für »schnell« ein. Werden Sie verstehen, was ich will, wenn ich »Sie sprechen schnell« sage?

Ich überlege, wie ich sie stattdessen ansprechen kann. Da wie im Klischee offenbar die Familie bizarr wichtig ist, kann ich mittlerweile nicht nur nach dem eigenen Befinden fragen, sondern auch nach dem des Ehemannes, der Ehefrau, der Kinder, der Geschwister und der Eltern. Ich habe allerdings irgendwie das Gefühl, Fragen dieser Art würden nicht gut ankommen.

Die U-Bahn kommt. Ich steige mit den beiden Arabern unklarer Herkunft ein und setze mich unauffällig wieder mit dem Rücken zu ihnen. Ich höre »Tisch« und hätte fast »Ja!« gerufen, gern auch »Er hat ›Tisch‹ gesagt!«, und verkneife mir das nur mit Mühe. Seit ich Ägyptisch lerne, denke ich milder über Verrückte in der U-Bahn. Das Arabisch klingt ziemlich Ägyptisch, finde ich. Ich denke darüber nach, ob ich sie fragen kann, ob sie aus Ägypten stammen. Das kann ich nämlich. Krampfhaft versuche ich, einen einleitenden Satz zu finden. »Stammen Sie aus Ägypten?« kommt mir doch sehr wie mit der Tür ins Haus fallen vor. Dummerweise fällt mir nur so ein winziges »Tschuldigung« auf Ägyptisch ein, das bestimmt nicht in solchen Situationen passt. Um zwei fremde Männer in der U-Bahn anzuquatschen, muss ich sicher so was sagen wie »Darf ich mich zu der Frechheit hinreißen lassen« oder »Ich bin ganz unwürdig« und so weiter mit vielen Wörtern, die ich hinten aus dem Rachen huste.

Zwei wildfremde Männer in der U-Bahn anzusprechen, ist vermutlich eh verboten. Abgesehen davon, dass ich auch gegen Mitternacht nicht grundlos zwei deutsche Männer in der U-Bahn anquatschen würde und ganz bestimmt nicht, um sie zu fragen, ob sie zum Beispiel aus Bayern stammen, was für eine blöde Anmache. Ich krame verzweifelt in meinem Gehirn nach etwas anderem. Einer hat gerade »zehn« gesagt! Juchuh! Und jetzt »Kaffee«! Ich glaube, er hat sogar »leicht gezuckerter Kaffee« gesagt! Darauf bin ich besonders stolz: dass ich mir zwei verschiedene Zuckermengen gemerkt habe, die Vokabel für viel Zucker und die für wenig Zucker. Bei den Inuit gibt es viele Vokabeln für Schnee, bei den Ägyptern viele für gezuckerten Kaffee. Könnte ich mich umdrehen und sagen: »Ich mag auch gezuckerten Kaffee?« Verdammt. Was für Sachen kann man denn auf Deutsch zu Mitfahrenden sagen? Schönes Wetter heute? Fährt diese Bahn nach Alt-Tegel? Das wäre ein prima Satz, dummerweise kann ich aber »fahren« nicht sagen. Ich kann nur »spazieren gehen« sagen. Spaziert diese Bahn nach Alt-Tegel? Ich könnte fragen: »Muss ich in Alt-Tegel aussteigen?«, weil ich nämlich »aussteigen« sagen kann, aber das würde klingen, als hätte ich nicht alle Tassen im Schrank.

Als sie mit mir in Alt-Tegel die U-Bahn verlassen, bin ich den Tränen nah. Ich könnte sie vielleicht noch anrempeln und »Tschuldigung« sagen! Oder drängeln und »Schneller, schneller!« rufen.

Als ich unglücklich aus dem U-Bahn-Schacht komme, stehen die beiden oben und sehen sich suchend um. »Entschuldigung«, sagt der eine zu mir, und ich strahle ihn so an, dass er vermutlich denkt, ich hab sie nicht alle. Stimmt ja auch.

»Die S-Bahn«, sagt er. »Wir suchen die S-Bahn.« Da kann ich ihm helfen. »Dort hinten«, zeige ich und krame kurz in meinem Kopf. »Links«, sage ich auf Ägyptisch. »Links und rechts und links.« Ich unterstütze meine Worte mit Gesten. Er lächelt. »Kommen Sie aus Ägypten?«, frage ich ihn, endlich werde ich diesen tollen Satz los.

»Nein«, sagt er, »Libanon.« Dann fragt er mich, ob ich mit einem Ägypter verheiratet sei, und das kann ich verstehen. Ich muss aber keinen Handstand deswegen machen, ich schüttle nur den Kopf. »Eine Freundin von mir ist Ägypterin«, sage ich, und offenbar versteht er mich.

»Sind Sie mit einer Deutschen verheiratet?«, frage ich ihn, und dann: »Ich habe zwei Kinder, einen Sohn und eine Tochter, und Sie?« Er ist mit einer Libanesin verheiratet und hat drei Töchter. »Sehr gut«, sage ich auf Ägyptisch. »In Berlin gibt es viele Brücken«, füge ich hinzu, und dann: »Ich wohne im fünften Stock, und es gibt keinen Aufzug.« Ich bin ganz berauscht davon, wie viel ich sagen kann. »Ich muss auf den Bus warten«, sage ich, und: »Morgen werde ich arbeiten.« Der freundliche Libanese lächelt inzwischen etwas angestrengt, und ich versuche, mit meinem großartigen Ägyptisch zum Ende zu kommen. »Ich möchte meine Schwester jeden Tag besuchen.« Ich finde selbst, dass das jetzt reicht. Ich habe nicht mal eine Schwester.

Er ist inzwischen sichtlich verlegen, hebt die Hand und sagt auf Deutsch: »Vielen Dank! Tschüss!« Ich sage »Tschüss« auf Ägyptisch, aber er sieht sich nicht mehr um.

Das war schön. Nächstes Wochenende fange ich schon am Nachmittag mit der Jagd an. Ich habe mir einen neuen Satz zurechtgelegt: »Es ist möglich, dass morgen die Sonne scheint.« Ich finde, das ist der perfekte Auftakt für ein Gespräch.

Stefanie Sargnagel

Camping – Oder: Wir sitzen

Ninia LaGrande

Menschen finden Nachhaltigkeit gut. Nicht mehr ans Ende der Welt fliegen, sondern Deutschland entdecken. Europa entdecken. Einmal wie MacGyver fühlen. Deshalb campen sie jetzt. Campen ist das kleine Abenteuer der Altbaubewohner*innen: im Auto übernachten. Und ich weiß, wovon ich spreche. Ich mache das auch. Ich bin Camperin. Wirklich. Es gibt nichts Geileres – wenn man das ganze Jahr im Job mit tausend Tonnen Make-up im Gesicht, Bauchweghöschen und BH durch die Gegend rennt, gibt es nichts Geileres, als drei Wochen lang ungeschminkt und in Schlabbershirt oder Bikini auf einem Klappstuhl zu sitzen und andere dabei zu beobachten, wie sie ungeschminkt und in Schlabbershirt auf einem Klappstuhl sitzen.

Alle, die einen BH tragen, kennen doch dieses Gefühl, wenn man abends nach Hause kommt und als Erstes aus diesem Ding rausschlüpft. Dieses »Ahhhh«-Gefühl. Ahhhh, endlich können sie wieder frei wippen, diese Dinger. Ahhhh, man springt dann direkt zum Sofa – nur fürs Freiheitsgefühl. Meine entfalten sich dann immer direkt, wie so ein Schwamm, der den ganzen Tag zusammengedrückt wurde. Und genau dieses Gefühl habe ich, wenn ich in unseren Campingbus steige.

Camper denken immer, sie sind die richtig krassen Abenteurer. Mit einem großen Auto in eine andere Stadt auf einem Campingplatz parken. Das übersteigt selbst die kühnsten Träume von Indiana Jones. Ankommen, einchecken und dann im Labyrinth der Californias, Hymers und Dethleffs' den vorgegebenen Platz finden, das muss man erst mal können. Und dann geht's erst richtig los. Wie stellen wir uns am besten hin? Der Mann kurbelt sich einen Wolf, um im Anschluss mit kleiner Wasserwaage und Auffahrkeilen eine angenehme Steh- und Schlafposition zu finden. Döötöötöötööööö döötöötöööööö.

Auf Campingplätzen ist die Welt noch in Ordnung. Die Rollenverteilung wird einem mit der Schrankkarte weitergegeben. Die Männer richten das Auto her: Markise raus, Strom anschließen, Wasser einfüllen. Die Frauen sitzen. Sie sitzen vor dem Auto und schauen in die Sonne. Und wenn es mal ein Problem gibt, muss man nur drei Sekunden ratlos in die Gegend schauen. Als wir das erste Mal mit dem Wagen auf einem kleinen Platz standen, saß ich. Und der Mann hielt drei Sekunden zu lang ein Kabel einfach nur in der Hand. Sofort kamen aus allen Himmelsrichtungen andere Männer angelaufen, um gute Tipps zu geben, Bier auszuhändigen oder einfach nur rumzulabern. Die anderen Frauen saßen. Wir nickten uns stumm zu. Wissend, dass die andere auch gerade keinen BH trägt.

Manchmal frage ich mich selbst, warum wir das machen. Freiwillig. Wir fahren in den Urlaub, um dann im Urlaub jeden Tag mindestens zweimal abwaschen zu gehen. Mit einer Spülschüssel. Zu Hause habe ich eine scheiß Geschirrspülmaschine. Im Urlaub spüle ich zur Entspannung. Me-Time am Waschbecken. Zu Hause habe ich auch eine Dusche. Im Wohnmobil kann ich mich nur abduschen, wenn ich mich dabei auf die Kloschüssel setze. Praktisch. Da bekommt die

Frage »Hast du schon einmal in eine Dusche gepinkelt?« eine ganz neue Bedeutung! Mehr Platz gibt es nämlich nicht! Oder ich gehe ins Duschhaus, um dort eine Münze einzuwerfen, die für eine nicht vorhersehbare Zeit ausreicht, und mit den drei Tropfen, die bei meinem Kopf in 1,38 Meter »Höhe« ankommen, meine Haare zu waschen.

Die Antwort, warum ich das mache, lautet: Nirgends, wirklich nirgends kann man so gut Leute beobachten. Gesellschaft unterm Brennglas. Wenn du nichtsahnend deinen Wein aus dem Plastikbecher, den du beim letzten Konzert mitgenommen hast – weil ist einfach eine richtig günstige Erinnerung, dieser Pfandbecher, aus dem vor dir schon zwanzig andere gesoffen haben –, wenn du den Wein trinkst, und neben dir geht plötzlich die Heckklappe auf, und der Nachbar fährt seinen Smart aus dem Wohnmobil, dann fällt dir auf: Ich gehöre nicht zur Gewinnerseite. Ist doch schön, wenn man das im Urlaub auch mal dazulernt.

Auf dem Campingplatz herrscht zudem eine Zweiklassengesellschaft. Auf der einen Seite: Camper. Leute, die campen, weil sie gerne rumfahren. Die wenige Nächte irgendwo anhalten, den Rasen platttrampeln, alles ganz praktisch und im Tetris-Verfahren einpacken, um möglichst schnell wieder weiterzukommen. Und dann gibt es Dauercamper. Oder – wie das Kind sie nennt – die Eingepackten. Weil deren Wohnwagen immer mit so einer Plane umwickelt sind.

Dauercamper haben einen Zaun, einen Grill und eine Fahne. Also eine, die wedelt – die andere aber oft auch. Dauercamper schotten sich komplett ab. Die fahren seit zwanzig Jahren jedes freie Wochenende auf den gleichen Campingplatz, um die gleichen Nasen zu sehen und dort Urlaub auf sechs Quadratmetern zu machen. Schlimmer sind nur die

Leute, die dabei die ganze Zeit nackt sind. FKK-Dauercamper. Höchstdisziplin. In meiner Familie gab's mal solche Leute, und wir haben sie besucht, als ich vierzehn war. Vierzehn. Das ist ungefähr das Alter, in dem man am wenigsten gern nackt irgendwo rumläuft. Die machen dann alles nackt. Abwaschen, grillen, schwimmen ... auf deren Vereinszeitung war ein etwa zwanzigjähriger Schwimmer mit Medaillen um den Hals. Nur Medaillen. Sonst nackt. Das ist mir dann tatsächlich zu viel von diesem BH-weg-Gefühl.

Das Beste an Camping ist das Nachhausekommen. Demütig die eigenen, teuer gentrifizierten Quadratmeter schätzen, stundenlang unter der eigenen Dusche stehen – bei der man den Duschkopf in die Hand nehmen kann! Und in Ruhe kacken. Das ist fast noch besser als BH ausziehen. Aber nur fast.

Raupen in der Pubertät

Miriam Wurster

Gute Unterhosen

Martina Brandl

Habt ihr auch verschiedene Unterhosen? Ich hab Unterhosen für gut und welche für zu Hause. Wieso macht man das? Du hast ja auch nicht 'n Partner, der zwickt und ist hässlich, und dann sagst du: »Für zu Hause geht der noch. Wenn ich ausgeh, nehm ich den Schicken mit.«

Eigentlich stimmt das auch nicht. Ich hab nicht nur zwei Sorten von Unterhosen. Es gibt viel mehr Abstufungen:

Ich hab welche für richtig gut – also die passen, sind bequem und sehen super aus. Davon hab ich drei. Dann hab ich ungefähr fünfzehn, die vom Aussehen her okay sind, aber nicht so richtig bequem. Wo der Beinausschnitt so 'n bisschen eng ist. Jetzt nicht schlimm genug, dass man die wegwerfen müsste, aber es reibt halt den ganzen Tag. Das sind die Unterhosen, wo du dreißig Mal am Tag aufs Klo gehst, weil du dich so freust, dass du mal kurz die Unterhose runterziehen kannst.

Habt ihr mal Männerunterhosen getragen? Boah, dieser Rand! So weich, so rund, so kuschelig, und in der Mitte ist richtig viel Platz. Ich frage mich, für wen Wäschehersteller ihre Frauenunterhosen designen? Für Barbie, bei der im Schritt zwischen den kontaktlosen Oberschenkeln nichts als ein gerades Stück Plastik hängt? Es ist doch nicht so, dass wir Frauen nichts zwischen den Beinen haben. Die im wahrsten Sinne des Wortes unbequeme Wahrheit ist: Auch wir haben ein teilweise raumgreifendes Päckchen zu tragen. Und das wird den ganzen Tag plattgedrückt. Falls das jemand liest von Triumph, Sloggi, Mey, Schiessermichtot: Warum designt ihr Frauenslips mit hartem, ribbelligem Zackelrand? Warum? Das tut weh! Diese Hosen haben am Bein einen vierfach genähten Gummibandrand, der so fest ist, dass man damit das Großsegel an der Gorch Fock hochziehen könnte. Aber der darf sich unter der Kleidung nicht abzeichnen. Deswegen musst du drüber, also über dem einschneidenden Zackelrand und unter der Oberbekleidung, noch Shapewear, also Formkleidung, tragen, weil: »Dein Körper ist nicht gut genug. Wir müssen ihn formen!« Und warum? Damit sich nichts abzeichnet! Warum? Dürfen Männer nicht wissen, dass Frauen Unterhosen tragen? Ist das ein Geheimnis? Ist das ein Flirtkiller, wenn der Mann durch die Kleidung durch sieht: »Oaaah ... die Drecksau trägt ja 'ne Unterhose! Widerlich!« Ja? Echt? Dann möcht ich mal sehen, wie erotisch dieser Mann das findet, wenn ein laues Lüftchen das leichte Sommerkleidchen hochweht und drunter der hautfarbene Popostrumpf zum Vorschein kommt. Männer: Ich verrat euch jetzt was. Wenn frau mal 'ne bequeme Unterhose gefunden hat, dann lässt sie die nie wieder los. Manche von meinen Unterhosen sind so alt, da kannst du Zeitung durch lesen. Und die losen Gummifäden hängen an den Rändern raus wie chinesische Glasnudeln. Die zieh ich an, wenn ich weiß, dass ich an dem Tag auf gar keinen Fall mehr das Haus verlassen werde. Wenn ich an so einem Tag 'n Schlaganfall kriege und ins Krankenhaus muss, sterbe ich wahrscheinlich vor Scham.

Es gibt aber noch eine schlimmere Sorte. Ich nenne sie die Terrorslips: Die sind megaschick, brandneu und waren superteuer. Die sind nicht für den Alltag. Die hol ich raus, wenn ich Luxus auf der Haut spüren und mich wie eine Gewinnerin fühlen möchte. Dann streif ich die über, und wenn ich die zehn Meter vom Schlafzimmer bis ins Bad gelaufen bin, hat dieser enge, einschneidende Rand am Beinloch und am Bauch schon so tiefe rote Furchen hinterlassen, dass ich sie hektisch wieder runterrolle. Weil ich die gekauft hab, als ich fünf Kilo leichter war und dachte: Ich nehm ja noch ab. Das ist ein Tag, der mit Scheitern beginnt. Das wird kein guter Tag. Ich meine, nicht mal die Unterhosen passen noch! Wie soll ich jemals mein Leben auf die Reihe kriegen, wenn ich's nicht mal schaffe, die passende Unterhose auszuwählen? Wie komm ich denn darauf, dass die mir hätte passen können? Sehe ich nicht, wie ich aussehe? Bin ich überhaupt in der Lage, irgendetwas realistisch einzuschätzen? Wie kann ich daran denken, ein zweistündiges Kabarettprogramm zu schreiben, eine Tour zu planen, einen neuen Dreihundert-Seiten-Roman zu schreiben, wenn ich nicht mal die richtige Unterhose auswählen kann? Und was noch schlimmer ist: Wird diese Unterhose, diese neue, wunderbare, ungetragene Unterhose mir jemals passen? Oder werde ich sie am Ende meines Lebens wegwerfen als endgültiges Zeugnis meines Scheiterns? Ich hasse diese Unterhose. Und ich hebe sie sorgsam vom Boden auf, leg sie wieder ordentlich zusammen und bette sie vorsichtig in die hinterste Ecke vom Schrank. Ich bewahre sie auf. Sie ist zwar unbequem, aber schließlich neu.

Was ich auch nicht wegwerfen kann, sind die Unterhosen, die beides sind: unbequem und alt. Schon hör ich euch fragen: »Warum denn nicht? Die sind doch unbequem und alt?« Ja, aber die haben kein Loch. Also darf ich sie auch nicht wegwerfen. Die zieh ich als Bestrafung an. Wenn ich verkatert aufwache. Wenn der Alkohol und die Drogen meine ganzen Endorphine verbraucht haben, der Rausch vorbei ist und ich morgens in den Schrank gucke, und als Erstes sehe ich ganz hinten im Schrank die Terrorslips, die mich verachten. Weil ich ein schlechter Mensch bin. Undiszipliniert und selbstzerstörerisch. Ich habe keine bessere Unterhose verdient. Der Tag ist eh im Eimer, da kann ich auch die unbequeme Unterhose auftragen. Irgendwann muss es ja mal sein, oder? Sonst geht die doch nie kaputt!

Wieso macht man das? Wieso gönnt man sich nicht immer 'ne gute, bequeme, schöne Unterhose, jeden Tag? Sollte man den Spruch »Lebe jeden Tag so, als wär' er dein letzter« nicht umwandeln? Ja, liebe Leser*innen, das ist meine Botschaft an euch: »Zieht jeden Tag 'ne Unterhose an, als wär' es eure letzte!«

Ganz bestimmt wäre das das Erste, das ich bereute, läge ich halb tot im Straßengraben in einem brennenden Autowrack: Wieso hab ich an meinem letzten Tag auf Erden diese scheißunbequeme Unterhose angezogen? Und, was fast noch wichtiger ist: Was soll der Notarzt von mir denken?

Filolino

Die Puppe

Katrin Seddig

René wusste ja, dass sie nur eine Puppe war, aber warum sollte man eine Puppe nicht mögen können? Andere mochten ihr Auto, Ronald Fries mochte sein Auto. War ein Auto etwa liebenswerter als eine Puppe? »Mein Garten ist mein Ein und Alles«, hatte Wilfried sich in der Mittagspause erklärt. Wilfried verbrachte seine ganze Freizeit in diesem Schrebergarten, er erschaffe ein kleines Griechenland, hatte er gesagt, er liebte dieses Griechenland. Er liebte die Säulen und den ganzen alten Kram. Er hatte sich eine eigene, kleine Ruine angelegt. Ein Zeus aus Gips stand neben dem Toilettenhäuschen, und vor der weiß gestrichenen Außenwand standen meerblau gestrichene Holzstühle.

»Bei mir ist das mein Wagen, mein Ein und Alles«, hatte Ronald gesagt, und René hatte sich gefragt, an welcher Stelle dann Birgit kam, Ronalds Frau. Aber Ronalds Frau konnte freilich Ronalds Wagen mitgenießen. Renés Frau Carmen würde an einer Puppe vermutlich nicht teilhaben können. Deshalb hielt er diese Vorliebe vorerst auch geheim. Er hatte sowieso nicht viel von ihr. Er ging nur dran vorbei, wenn er von der U-Bahn nach Hause ging.

Als er sie das erste Mal gesehen hatte, da hatte er erst einmal gar nichts gespürt. Er hatte nur einen flüchtigen Blick auf sie geworfen, aber als er vorbei war, schon einige Schaufenster weiter, da war, vom bloßen flüchtigen Anschauen, ein Gefühl zurückgeblieben. Als wenn diese Puppe ihm mit den Augen gefolgt wäre. Es war doch keine echte Frau gewesen, die dort im Schaufenster gestanden hatte? Er lief noch ein Stück während dieser Überlegungen, aber dann blieb er stehen. Er ging zurück. Es war keine Frau, es war eine Puppe.

»Ausnahmsweise mal eine ganz hübsche Puppe«, dachte er sich. Und sofort erwachte eine Begierde in ihm. Einmal diese Puppe auskleiden, dachte er. Einmal ihr ein anderes Kleid anziehen, zärtlich über ihre Plastikbrüste streifen. Es ist ja nichts dabei, dachte er, es ist ja nur eine Puppe. Es ist nichts anderes als ein Auto oder ein griechischer Garten.

Zu Hause drückte er Carmen an sich, es war ihm fast, als wenn er ein schlechtes Gewissen hätte, und dann sahen sie sich die Nachrichten an. Weil sie sich alles erzählten, sagte er: »Ich habe heute eine wirklich hübsche Schaufensterpuppe gesehen.«

»Und?«, Carmen sah ihn an. »Hast du dich verliebt?«

Er lachte. Es war ihm recht, dass sie es so ins Lächerliche zog.

Am nächsten Tag versuchte er, nicht an sie zu denken und sie auch gar nicht anzusehen, während er vorbeiging. Aber als es so weit war und er an die Stelle kam, da schüttelte er den Kopf über seine eigene Dummheit. Was sollte denn so Schlimmes daran sein, eine Schaufensterpuppe zu betrachten? Wenn sie ihm nun mal gefiel.

Sie gefällt mir nun mal, dachte er und sah gierig nach der Puppe. Sein Herz klopfte schneller, denn sie hatte ein vollkommen anderes Kleid an. Das steht ihr aber gut, dachte er. Wie schön sie war. Und wusste es gar nicht. »Schöne«, flüsterten seine Lippen, aber so, dass es keiner hören konnte.

»Wie sehr magst du dein Auto?«, fragte er Ronald Fries bei der Arbeit.

»Manchmal streichele ich's«, sagte Ronald Fries und lachte laut. »Ich glaube, das stimmt«, sagte Bernd Stöwer. »Ich hab das schon gesehen.«

Und René entschied sich dafür, es zu glauben.

»Ronald Fries streichelt sein Auto«, sagte er am Abend zu Carmen. »Kannst du dir das vorstellen?«

»Viele Männer tun das«, sagte sie. Und er freute sich. Wenn viele Männer das taten, dann war es doch nichts Ungewöhnliches. Er blieb nun jeden Tag eine Weile vor der Puppe stehen und betrachtete sie. Er gab ihr keinen Namen, so verrückt war er nicht, er nannte sie einfach Puppe. Denn das war sie ja, eine Puppe. Keine Frau.

»Du bist nur eine Puppe«, sagte er zu ihr, mit diesen kleinen, stillen Lippenbewegungen. Und es tat ihm leid, dass er sie so beleidigte, aber er musste es einfach tun, denn es schmerzte ihn, dieses brennende Gefühl in ihm, das schmerzte ihn, und er musste sich dafür an ihr rächen. »Eine dumme Puppe«, sagte er. »Du hast kein Gefühl und keinen Verstand.« Sie blieb gleichgültig. Aber er schämte sich für diese Sätze. Sie hatte ihm ja nichts getan.

Er vertraute sich Wilfried an. Wilfried wollte sie sehen. Gemeinsam standen sie in der Abenddämmerung vor der Puppe.

»Schön ist sie schon«, sagte Wilfried.

»Aber sie ist eine Puppe«, sagte René.

»Ich würde es nicht an die große Glocke hängen, an deiner Stelle. Der Carmen würd' ich es nicht erzählen.«

Er nickte.

»Aber wenn du sie so gern hast, dann kauf sie dir.«

Daran hatte er noch nicht gedacht. Vor Aufregung wurde ihm ganz schlecht.

»Meinst du, so eine Schaufensterpuppe kann man kaufen?«

»Alles kann man kaufen«, sagte Wilfried verächtlich. »Kommt nur drauf an.«

In der Nacht lag er wach. Wie würde er es anstellen? Wie im Laden vorsprechen?

Er musste sich am Vormittag freinehmen, denn der Laden hatte nur bis 13:00 Uhr geöffnet. Im Laden war es dämmerig. Eine magere, kleine Frau verhandelte kühl mit ihm. Sie hätte ihm alles verkauft, auch sich selbst, er war sich sicher, mit tiefer Verachtung in Blick und Stimme.

Er wusste, was sie dachte. Dass er ein Perverser sei. Aber ein Perverser war er nicht. Er wollte sie nur einmal anfassen, in Ruhe. Nur mal über sie hinwegstreichen. Wie über ein Auto. Mehr nicht.

»Ich mag sie einfach. Sie gefällt mir«, sagte er zu seiner Rechtfertigung.

»Bitte, was geht's *mich* an?«, sagte die magere, kleine Frau.

Er sollte sie haben können, sobald sie eine neue hatte. Sie wollte ihm eine Nachricht schicken. Er wartete. Er wartete jeden Tag, und dass er sie bald würde haben können, das machte ihn nur noch ungeduldiger.

Er saß mit Carmen am Samstagabend bei Wilfried zum Grillen in seinem Garten, da kam die Nachricht.

»Ich kann sie holen«, flüsterte er Wilfried zu. »Ich hab Bescheid gekriegt, ich kann sie abholen. Wo tu ich sie nur hin?«

Wilfried zuckte mit den Schultern.

»Bring sie erst mal hierher.«

»Zu dir?«

René wurde misstrauisch. Wilfried hatte keine Frau. Konnte er ihm die Puppe einfach überlassen? Aber es blieb ihm keine andere Wahl, es fiel ihm einfach nichts anderes ein.

Er holte sie mit Wilfried zusammen ab. Sie wickelten sie gemeinsam in ein großes Bettlaken und steckten sie in Wilfrieds Auto. Dann trugen sie sie in Wilfrieds Gartenlaube. Dort legten sie sie auf das muffige, braune Sofa.

»Wenn du erst mal mit ihr ein wenig allein sein willst«, sagte Wilfried, »dann fahre ich jetzt zum Obi, den Zement holen.«

René wurde es heiß. Es glühte ihm der Kopf. Aber es war genau, was er wollte. Er wartete, bis Wilfried mit dem Auto den Gartenweg verlassen hatte, dann wickelte er vorsichtig, mit zitternden Händen die Puppe aus dem Bettlaken. Da lag sie vor ihm, auf dem braunen Sofa, und sah ihn so an, wie sie ihn immer angesehen hatte.

»Puppe«, sagte er zärtlich und fasste sie an. Sie war so hart und kühl, wie er sich das vorgestellt hatte, und er vergaß sich. Nur ungern überließ er sie Wilfried in seinem griechischen Garten, aber es gab keine andere Lösung. Leider nicht. Am nächsten Tag ging er beschwingt die Straße entlang. Es war ihm bewusst, dass er ein Perverser war, aber dennoch trug er die Last dieses Wissens mit einer gewissen Leichtigkeit. Bis er vor dem Schaufenster stand. Die Puppe, ganz genau die gleiche Puppe, sie stand in ganz genau demselben Kleid, denn er hatte sie mit Kleid gekauft, an ihrer alten Stelle und starrte ihn an. Und auf diesen Typ stand er nun mal. Verzweiflung bemächtigte sich seiner. Was sollte er tun? Was konnte er tun? Denn schon wurde es ihm klar, dass ihn diese Puppe, die nicht ihm gehörte, die Puppe hinter der Scheibe, schon bald mehr locken würde als seine eigene Puppe, die Puppe, die im griechischen Garten auf ihn wartete. Und wenn er es wagen würde, auch diese Puppe zu erwerben, dann würde womöglich eine weitere Puppe auftauchen und eine weitere, und wo sollte das enden? Wie viele Puppen konnte er lieben und in Wilfrieds Garten unterbringen? Oh mein Gott, oh mein Gott, dachte er. Er hatte die Büchse der Pandora geöffnet, und sie würde sich niemals wieder schließen lassen.

Teresa Habild

Kampftrinken in der Neudefinition nach Zeller

Felicia Zeller

Ich kann mich an den Moment in meinem Leben nicht mehr erinnern. Irgendwann oder irgendwie muss es einen Moment gegeben haben, es gab einen Moment, ab dem es nicht mehr hieß: Komm, wir gehen was trinken, sondern: Scheiße, schon wieder total betrunken.

Nur, wann war das?! Und wie und wer ist schuld?

Ich kann mich wirklich überhaupt nicht mehr ...

Das ist das Schlimme. Man kann sich selbst nicht mehr trauen. Auch die anderen trauen mir nicht mehr. Noch schlimmer: Sie verschwören sich aufs Fieseste und Gemeinste gegen mich.

Deshalb habe ich den Begriff »Kampftrinken« neu definiert.

»Kampftrinken« früher: ein stupider Wettbewerb, manchmal war sogar Teilnahmebedingung, dabei keine Haare zu haben, ein sportliches, sinnentleertes Messen der Trinkgeschwindigkeit alkoholischer Getränke, wobei der Ausführende zugleich als Messbecher agiert.

»Kampftrinken« neu, in der Neudefinition nach Zeller: Kampf Betrunkener um Wahrheit und Gerechtigkeit.

Ein Kampf, den ich, kaum bin ich betrunken, oder kaum finde ich mich in total betrunkenem Zustand wieder, führen muss, denn kaum bin ich betrunken oder total betrunken, werde ich von anderen Betrunkenen belästigt, beleidigt, hintergangen, belogen und betrogen. Oftmals bilden sie eine Gruppe und verschwören sich gegen mich. Sie sind das Böse. Sie wollen mir kein Bier mehr ausschenken. Sie weisen mich aus dem Lokal. Sie fordern mich auf, irgendwelche Scherben aufzulesen. Das mache ich aber nicht mit. Denn ich bin ich. Ich bin voll. Ich kampftrinke. Ich will und verlange Gerechtigkeit. Da wiederhole ich mich gerne mal.

Vielleicht ist es, weil ich den Zustand des Betrunkenseins nicht mehr als schönen Rausch erlebe und die um mich herum Trinkenden nicht mehr als ebenfalls schön Berauschte. Es sind nicht mehr meine Trinkbrüder und auch nicht meine Trinkkameraden, es sind Pappkameraden, und ich bin auch nicht in dieser Kneipe, weil ich eine Fickgelegenheit suche, obwohl ich schon über dreißig bin. Spricht eine Frau über dreißig im besoffenen Zustand einen Mann an, egal wie alt, bedeutet das so viel wie: Du, ich glaub, ich will ficken. Da kann man sagen, was man will. Zum Beispiel: Hallo. Guten Abend. Oder: Bäume sind cool.

Neulich zum Beispiel betrat ich bereits über dreißig so gegen zwölf eine Kneipe und sagte: Hallo. Und was war die Antwort? HE, DEINE BRILLE SIEHT TOTAL SCHEISSE AUS. Es war ein mittelgroßer, total betrunkener Mann. Er suchte Streit. War doch so. Ganz klar. Oder? Warum sonst sollte er einfach so zu mir sagen: DEINE BRILLE SIEHT TOTAL SCHEISSE AUS! Wie ich finde, völlig ohne Grund. Oder? Wie kommt der überhaupt dazu, was, und wenn ja! denkt er sich eigentlich! Wie! Sage ich zu ihm: HE, DEIN KAROHEMD SIEHT TOTAL SCHEISSE AUS? Nein, sage ich nicht. Wieso sollte ich das! Warum sollte ich mich für die bekloppten Hemden anderer interessieren! Dieser Typ hat ein Problem. Oder? HE, DEINE BRILLE SIEHT SCHEISSE

AUS. Das würde er nie zu euch sagen. Irgendwas will er. Ich würde mal sagen, Streit. Klarer Fall.

So redete ich. Ich war Jesus. Ein bebrillter Jesus ungefähr in dem Alter, als Jesus bereits am Kreuz für uns und unsere Sünden gestorben ist. Dieser Mann muss die Kneipe verlassen, sagte ich zu meinem Freund, der in letzter Zeit, seit die Ära des Kampftrinkens von mir eingegongt worden ist, nicht mehr viel Freude daran hat, mit mir mal was trinken zu gehen. Oft stützt er mich nach Hause, während ich mit heiserer Stimme predige. Es ist so was wie eine Stimmautomatik, die in mir irgendwie ausgelöst wird, seit die Ära des Kampftrinkens über mich hereingebrochen ist. Oft halte ich meinen Vortrag: Wieso sollte eine Frau über dreißig irgend'nem Typ sein Weizenbier wegnehmen! Ich trinke nämlich überhaupt kein Weizenbier, und neulich, als mich dieser Mann beim Wirt völlig ohne Grund, denn ich hatte ja gar nichts getan und kann Weizenbier wirklich überhaupt nicht ausstehen, quasi anzeigte, der Mann beschwerte sich beim Wirt, ich hätte ihm sein Weizenbier gestohlen, ICH hätte ihm sein WEIZENBIER WEGGENOMMEN, kam ich in eine wirklich prekäre Situation, weil ich hatte gerade zufällig ein Weizenbier in der Hand, obwohl ich sonst nie Weizenbier in der Hand habe, das hatte ich ihm aber nicht WEGGENOMMEN, sondern ABGENOMMEN, netterweise, quasi ABGEKAUFT, weil er sich angeblich VERBESTELLT hatte, und zwar erst nachdem er sich von der Bedienung alle Biersorten hat aufzählen lassen. Ich kann Typen nicht ausstehen, die sich von der Bedienung alle Biersorten aufzählen lassen und sich dann ein Weizenbier bestellen. Und wenn das Weizenbier dann da ist, fangen sie an zu mäkeln und zu motzen: Das hatte ich aber nicht bestellt. Was'n das! Ein Weizen? Allein, um die Bedienung zu triezen. Deshalb habe ich der Bedienung zuliebe eingegriffen und gesagt, okay, ich, Jesus, ich nehme das Weizenbier, soll er sich doch was anderes bestellen. Der Wirt verwies mich des Lokals. Da ging ich heim und predigte.

Oft wende ich mich um und beleidige diese gottlosen Menschen, diese profanen Trinker, diese eigentlich harmlos verblödeten Gestalten, so gut ich kann, und ich kann das ziemlich gut. Weil ich eine Dame bin. Mein Freund neben mir bekommt es allmählich mit der Angst zu tun. Schon einmal wurde er aufgefordert, aufzustehen und mit rauszugehen, weil ich einen Literaten beschimpft habe. Der Literat kam an den Tisch, lehnte sich wichtig dran und drohte: Wer von euch hat das gerufen? Und ich deutete auf meinen Freund und rief: Der war's! Ich fand das einen guten Witz, und ich musste so sehr lachen, dass ich schnell auf Toilette verschwand, wo ich mich ausschüttete. Ich war nicht Judas, ich war Jesus, und ich finde, ein guter Literat braucht auch gute Ohren, und wenn er nicht mal eine Frauenstimme von einer Männerstimme unterscheiden kann, dann gute Nacht! Ein Berufswechsel steht an.

So hat sich quasi als Running Gag zwischen mir und meinem Freund eingebürgert, dass ich oftmals, wenn mich andere Betrunkene belästigen, zu ihm sage: Geh raus, und mach ihn fertig! Der Typ redet Scheiße. Diesen Running Gag findet mein Freund, glaube ich, nicht so lustig, auch der Wirt fand den Witz nicht lustig, wusste er ja nicht, dass das ein Witz war. Ich sagte zum Wirt: Ich nehme doch niemandem sein Weizenbier weg, wer bin ich denn! Das wusste der Wirt aber auch nicht. Auch mein Freund tat so, als habe er mich noch nie gesehen. Später behauptete er, er habe mich noch nie mit einem Weizenbier gesehen. Er habe sich gewundert, wieso ich ein Weizenbier in der Hand gehalten habe. Und ich erklärte ihm alles mit der Geduld eines Betrunkenen noch mal: Erst zählt er alle Biersorten auf, und dann: Was bestellt er sich? Ein Weizenbier, verstehste! So ein Käse! Und dann will er es gar nicht. So ein Scheißdreck. Ich bin Rudi Völler, das lebende Tourette-Syndrom.

Vielleicht ist es aber auch, dass ich mich zur falschen Zeit stets am falschen Ort aufhalte. Gelingt es einem nicht mehr rechtzeitig, Neukölln zu verlassen, landet man unweigerlich im Koma, im Dilemma oder im *Sandmann*. Dort landen Menschen wie du und ich, Menschen zwischen 40 und 60, Menschen, die vor Jahren als Künstler nach Berlin gekommen sind, oder als Keramiker, und die sich heute gerne mal als »Revolutionäre« bezeichnen. Wegen früher. Wie gut, sagen sie, dass es in Berlin wenigstens noch Revolutionäre gibt, saufen und meinen sich selbst. Wenn der Morgen dämmert, haben sie wenigstens eine Fahne und können damit so richtig loslegen. Meine Pappkameraden. Sie ziehen mit ihren Fahnen durch die Straßen nach Hause.

Sie kaufen Ihre Milch jetzt auch hier?
Klar! So billig kann ich's selber gar nicht machen!
piep
AKTION
KITTIHAWK

Kittihawk

Winterthur

Susanne M. Riedel

Vor einiger Zeit habe ich mal ein Buch geschenkt bekommen, es heißt »Kunst aufräumen«. Es steht seither recht prominent in meinem Bücherregal, ich nehme es öfter mal zur Hand, denn es bringt mich immer wieder zum Lächeln. Das Buch enthält eine Vielzahl von Bildern, berühmte Kunstwerke, derer sich ein Schweizer Künstler namens Urs Wehrli angenommen hat. Er räumt die Bilder auf, nimmt sie einfach auseinander und sortiert die einzelnen Elemente, zum Beispiel bei einem Kandinsky oder Picasso, nach Form und Farbe. Fein säuberlich. Ein Marie Kondo der schönen Künste quasi, es hat etwas herrlich Absurdes und verstörend Befriedigendes.

An dieses Buch jedenfalls muss ich denken, als ich am Bahnhof Winterthur aus dem Zug steige. Alles und jeder ist plötzlich sehr aufgeräumt und schick, ich schaue mir die Umgebung an, doch viel schlimmer: Die Umgebung schaut zurück.

Eben noch stand ich, für Berliner Verhältnisse ausnehmend gut gekleidet, geschminkt, geduscht, geboostert und gebürstet am Hauptbahnhof – und jetzt steige ich aus und fühle mich von dem Moment an, da mein Fuß den Bahnsteig touchiert, schäbig. Die Einheimischen mustern mich. Nein, das trifft es nicht, sagen wir: Sie streifen ihre Blicke an mir ab. Und sofort sehe ich mich durch ihre Augen.

Ich muss an diese Bilderrätsel denken, die es früher manchmal in Zeitschriften gab, *Finde die sieben Abweichungen zwischen den Bildern*, und es ist nicht schwer. Es fühlt sich an, als hätte jemand den kaputten Reißverschluss an meiner alten Daunenjacke und die etwas ausgefransten Hosenbeine meiner Lieblingsjeans mit Rotstift eingekreist, meine ungeputzten Schuhe können mit dem blitzeblanken Boden einfach nicht mithalten, einen Rucksack trägt hier kein Mensch, und auch mein Gesicht ist plötzlich ein Problem. Kein Concealer, keine Foundation, was hab ich mir nur gedacht? Und dann noch die ungezupften Augenbrauen, ich komm mir vor wie Theo Waigel – Theo Waigel mit Lippenstift immerhin. Was es nicht zwangsläufig besser macht.

Ich seufze, dann schultere ich meinen Rucksack, schlurfend und mit hängenden Schultern mache ich mich auf den Weg. Ein Obdachloser vom Gleis gegenüber hebt die Hand zum Gruße.

Es ist meine erste Reise in die Schweiz. Ich bin einigermaßen aufgeregt, nicht zuletzt weil der Grund für meine Reise die Einladung zu einem Poetry Slam ist. Ich auf einem Poetry Slam, halleluja, doch nach all den Flauten und Absagen der letzten Zeit hatte ich ohne Zögern zugesagt.

Auf dem Weg zum Hotel nun geht mir die ganze Zeit ein Text von Heiko Werning durch den Kopf, in dem er seine desaströsen Slam-Erfahrungen beschreibt und mantraartig der Satz wiederholt wird: »Ich bin ja mehr Lesebühne als Poetry Slam.« Ich fürchte einfach, ich bin auch mehr Lesebühne als Poetry Slam, und hatte ich bisher in meiner Vorstellung Sorge, die anderen Teilnehmer mit meinem hohen Alter und meiner unaufgeregten Vortragsweise (Vorlesen halt) zu verstören, so kommen nun ganz neue Bilder dazu. Ich bin nicht nur alt und unaufgeregt, ich bin alt, unaufgeregt und schäbig gekleidet! Ich bin Theo Waigel! Beim Poetry Slam! Wo soll das alles hinführen?

Ich checke im *Park-Hotel* ein, wo vom Veranstalter ein Zimmer für mich reserviert wurde, dann mache ich mich auf zu einem Bummel durch die Altstadt. Der Slam geht erst um 20:30 Uhr los, ich habe noch viel Zeit, mir die Stadt anzusehen. Vielleicht gehe ich erst mal einen Kaffee trinken.

Es sind nur 3 Grad, und es ist sehr windig. Ein Freund hatte mir schon erzählt, dass wegen der hohen Inzidenzen im Raum Zürich die Leute derzeit alle in Decken gehüllt vor den Cafés säßen, und so suche auch ich mir einen Platz mit Decke in der freundlichen Wintersonne vor einer kleinen Bäckerei.

Als die Bedienung kommt, versucht sie, etwas zu sagen, aber es kommt nur ein Krächzen heraus; als ich ihr gerade ein Hustenbonbon anbieten will, geht mir Gott sei Dank auf, dass das keine Erkältung ist, sondern Schweizerdeutsch. Ich schaue schnell auf die Karte. »Einen Cappucci-«, höre ich mich sagen, dann lese ich den Preis.

»Gesundheit«, sagt die Bedienung. Ich bestelle doch lieber nur einen Espresso. Einen Espresso für 4,80 Euro. Der Cappuccino kostet 7 Euro. Die Preise sind zwar in Franken angegeben, aber der Kurs ist annähernd 1:1, da hilft alles Umrechnen nicht. Ich bin nicht nur schlagartig schäbig und alt, ich bin auch schlagartig arm.

Während ich auf den Edelespresso warte, stöbere ich auf meinem Handy ein bisschen in schweizerdeutschen Wörtern und Redensarten. Taschentuch heißt hier Nastuch. Spülmaschine Geschirrwaschmaschine. So weit, so schlüssig. Ach guck, und Hauswart heißt hier Abwart.

Ehe ich es mich versehe, bin ich bei einer Liste der beliebtesten Schweizer Schimpfwörter angelangt: Zepfelsennig, Dubedänzig, Batzaliheini und Gnieti.

Leute, ganz ehrlich, wenn das die Schimpfwörter sind – wie sehen dann die Kosewörter aus? Ich bin neugierig. Et voilà: Schnäggefürzli, Schnadehüdeli, Hasibärli und Müsli.

Wo bin ich hier gelandet? Gott sei Dank kommt mein Espresso. Mit Zuckerli. Ich lege mein Handy zur Seite und lasse meinen Blick über die Altstadt schweifen. Also – »Altstadt«. Auch hier ist alles sehr sauber und saniert, es ist ein bisschen, als hätte jemand das Berliner Nikolaiviertel abgerissen, sauber gemacht und in Teletubbie-Land wieder aufgebaut.

Nach dem Kaffee schlendere ich ein bisschen, und auf der Suche nach etwas Bezahlbarem zu essen lande ich am Ende in einer Dönerbude, wo ich einen Döner zum Mitnehmen erstehe.

»Einen Döner, Salat alles, Kräuter-Knoblauch«, bestelle ich. Der ältere der beiden Männer hinterm Tresen lächelt. »Kommst du aus Berlin?« Ich bejahe. Wir plaudern ein bisschen. Wie ich die Schweiz denn fände bislang, will er wissen. »Teuer«, sage ich. »Hast du Glück«, sagt er, »Döner ist heute im Angebot.« Tatsächlich kostet er heute nur 11 Euro. Normalerweise sind es 14 Euro.

»In Berlin ist Kriminalität hochgegangen. Ich hab Familie dort«, sagt er noch. Über die Satzfolge muss ich innerlich ein bisschen kichern, behalte es aber lieber für mich.

Um es kurz zu machen: Am Ende des Tages stehe ich tatsächlich auf der Bühne des *Casinotheaters*. Riesensaal, rote Samtsitze, angefüllt mit freundlichem Publikum, es macht sehr viel Spaß. Ich weiß nicht genau, wie es passiert, aber am Ende des Tages verlasse ich den Poetry Slam als Gewinnerin und bin gleichermaßen verwirrt, überfordert und sehr glücklich.

Der Preis ist eine exquisite Flasche Absinth, 66,6 Prozent. Das Etikett wurde von keinem Geringeren designt als Marilyn Manson und zeigt ein bizarres Selbstporträt, das eher einem Totenschädel ähnelt und im Grunde jeden Warnhinweis und jede Packungsbeilage überflüssig macht: Wenn man das so anguckt, möchte man lieber nicht zu viel davon trinken. Sicherheitshalber.

Die Veranstalterin macht noch ein Porträt von mir mit der Flasche, das wir beide sofort auf Facebook und Instagram teilen.

Die Reaktion des Netzes kommt prompt: Instagram schickt mir passgenaue Werbung, eine schönheitschirurgische Praxis in Genf biete eine sehr gute Korrektur von Schlupflidern an. Schönen Dank. Jetzt wollen diese Schweizer am Ende auch noch mein Gesicht aufräumen! Vielleicht werde ich demnächst direkt das Etikett von der Flasche als Profilbild einstellen. Oder Theo Waigel. Mal sehen, welche Werbung dann kommt.

Dorthe Landschulz

Hausboot

Jenni Zylka

Nach einer Woche auf einem Hausboot haben wir gestern wieder »angelegt«, wie wir Seebär*innen sagen. Und auch wenn man die See, beziehungsweise den See in Brandenburg, nicht mit dem Pazifik vergleichen kann, über den Thor Heyerdahl 1947 auf Kon-Tiki die Möglichkeit einer Besiedlung Polynesiens von Südamerika aus nachwies – Heidewitzka, es war ein Abenteuer! Das fing gleich beim »Ablegen« an: Nachdem er sich einen Schluck Rum genehmigt hatte, stellte sich der Kapitän ans Steuer und manövrierte das Boot in einem blauen, mit Goldknöpfen in Doppelreihen versehenen Kapitänsjackett aus dem Hafen. Nach nur einer klitzekleinen Schramme an einer ganz ungünstig im Weg liegenden, weißen Sportyacht waren wir auch schon bei anderthalb Knoten auf dem offenen Wasser, flankiert von einer Entenfamilie, die ich die »Flippers« nannte. Die Ausflügler*innen, die das Ablegemanöver von der Restaurantterrasse aus verfolgt hatten, wirkten begeistert – einen schicken, geschickten und angeschickerten Kapitän bekommt man schließlich nicht alle Tage zu sehen.

So tuckerten wir den Flippers hinterher in die Mitte des Sees, wo ich eine Rauferei mit den Schiffsjungen Steuerbert und Backbert anfing, weil sie die hübsche Schleife, mit der ich das Fenderseil an der Reling festgebunden hatte, als nicht fachgerecht abstempelten. Aber ich bin ein nautisches Naturtalent und kenne den »Seewolf« genauso auswendig wie

»Moby Dick«. Als wir uns gerade wieder beruhigt hatten, kam plötzlich ein Signal von der Brücke: Brücke! Bücke! (Damit einem nicht die Mütze vom Kopf geholt wird.)

Nachdem die Gefahr vorüber war, genehmigte ich mir einen und schickte Steuerbert und Backbert zum Kartoffelschälen in die Kombüse, mit der Absicht, einen kleinen Plank-Prank an ihnen vorzunehmen. Ich hatte nämlich heimlich eine Kartoffel in der Schale vorgekocht und sie zurück in das Netz geschmuggelt. Ein paar Minuten später zerdrückte ich die Kartoffel vor ihren erstaunten Augen in der Hand. Das verschaffte mir einen Vorteil für die gesamte Fahrt: Steuerbert und Backbert gehorchten mir fortan aufs Wort, machten Leinen los und Leinen wieder dran und stürzten sich bei meinem Ausruf »Wal! Da bläst er!« ohne Mucks in die Fluten, um mit ihren Speeren einem kleinen Blässhuhn den Garaus zu machen, das direkt vor unserem Bug oder Heck oder wie das heißt abtauchen wollte.

Nach ein paar sonnigen Tagen, in denen wir nur sehr wenige Eisberge sahen und daraufhin immer unser Nebelhorn tröten ließen (lang kurz kurz kurz kurz kurz), beschlossen Steuerbert, Backbert und ich zu meutern, just because we can. Nachts schnitten wir den Käpt'n von der Hängematte, kielholten ihn, knebelten ihn mit dem blauen Jackett und stopften ihn in die Seekiste neben den Kugelgrill. Er verzog nicht die Miene, aber ich befürchte, dass das ein Nachspiel vor dem Seegerichtshof haben wird. Apropos Gericht: Im Restaurant *Blaue Jungs*, in das wir direkt einkehrten, litt ich schwer unter sogenannter »Kinetose«, dem Nachschwanken an Land. Aber vielleicht war auch nur eines von den 30 Rumchen schlecht.

Kliniksterben auf dem Land

Teresa Habild

Bitch sein

Franziska Wilhelm

Miriam ging die Straße hinunter. Mit ihrem Haustürschlüssel streifte sie am Lack der geparkten SUVs entlang. Sie hasste Autos. Sie hasste im Besonderen die Autos in ihrem Viertel – und dabei vor allem ihr eigenes. Jeden Morgen brachte man sie damit in das zwölfstöckige Bambus-Stahl-Gebäude, das sie zum Hauptsitz ihrer Firma gemacht hatte. Einer Firma, die riesige schwimmende Biofasermatten fabrizierte, auf denen Bakterienkulturen lebten, die Öl fraßen. Wenn ein Tanker ausgelaufen war, breitete man die Matten auf dem Meerwasser aus. Das Fasergewebe zog das Öl an, die Bakterien zersetzten es. Miriam hatte mit dieser Erfindung Milliarden verdient. Und sie hatte sich fest vorgenommen, nichts davon an eine gemeinnützige Organisation zu spenden, sondern alles Geld ganz allein zu verprassen. Deshalb hatte sie ihr kleines persönliches Atomwaffenprogramm aufgesetzt. Die ersten heimlichen Tests waren bereits erfolgreich auf einem abgelegenen Pazifik-Atoll gelaufen. Danach hatte sie ein Aquarium der mutierten Fischarten im größten Schlafzimmer ihrer Stadtvilla installieren lassen. Noch am Abend bevor ihr der Nobelpreis für Chemie wegen der Ölfangmatten verliehen wurde, hatte sie vor diesem Aquarium gesessen und den verwachsenen Kreaturen beim Schwimmen zugesehen. Am besten gefiel ihr der Clownfisch, dessen Kopf mit der Oberseite in den Bauch eingewachsen war.

Wenn er schwamm, sah er aus wie ein rotierender Kreis. Sie nannte ihn *Reloading Nemo.*

Normalerweise konnte sie Reloading Nemo stundenlang zusehen, doch heute zog sie nichts nach Hause. Sie hatte sich von ihrem Chauffeur, einem mexikanischen Eunuchen, den sie im Rahmen eines teuren Selbsterfahrungsseminars eigenhändig zum Eunuchen gemacht hatte, am Anfang ihrer Straße absetzen lassen. In ihrer Handtasche trug sie, wie so häufig, ein paar mit Buttersäure befüllte Wasserbomben, die sie gern in die protzigen Vorgärten ihrer Nachbarn warf.

Es war nicht einmal so, dass Miriam reiche Menschen besonders hasste, sie hasste Menschen einfach im Allgemeinen. Sie kamen ihr so weich und schmierig vor. Vor allem, wenn sie verliebt waren. Miriam verabscheute Menschen in Paarbeziehungen. Obwohl sie mit Mitte zwanzig auch einmal einen Freund gehabt hatte. Er war einer der besten Studenten im Seminar für Biochemie gewesen und schaute in jeder Vorlesung immer wieder zu ihr herüber. Einmal, als es ihr reichte, war sie zu ihm hingegangen und hatte ihm gegen die Brille gespuckt. Da hatte er sich sofort in sie verliebt.

In den nächsten Wochen verbrachten sie viel Zeit miteinander. Er, weil er Zärtlichkeit wollte, sie, weil sie jemanden brauchte, der sie durch die Abschlussprüfungen paukte. Einen Tag vor dem Examen trennte sie sich von ihm. Er fiel durch, sie erzielte Bestnoten. Schön war das gewesen, aber jetzt auch schon wieder 15 Jahre her.

Als sie an ihrer eigenen Villa vorbeikam, griff sie wieder in ihre Handtasche und warf eine Buttersäurebombe über den Zaun. Es stank bestialisch, aber wozu hatte sie Personal. Sollten die sich doch darum kümmern.

Miriam lief weiter zur nächsten Bar. Der Tresen bestand

aus glänzendem süditalienischem Marmor. »Bringen Sie mir einen Ihrer miserablen Martinis!«, bestellte Miriam.

»Kriegst du, Bitch«, antwortete die Bartenderin.

Miriam schaute auf.

Mit festem Blick stellte die Barfrau das Martini-Glas vor sie hin.

»Schmeckt scheiße«, bemerkte Miriam, nachdem sie einen Zug genommen hatte.

»Absolut«, sagte die Kellnerin und lächelte sie überheblich an. »Die wirklich guten Drinks gibt's eine Tür weiter.« Sie nickte mit dem Kopf nach hinten.

In der dunkel vertäfelten Wand hinter dem Tresen entdeckte Miriam eine Tür. Ohne ein weiteres Wort zu verlieren, erhob sie sich vom Barhocker und ging hindurch. Die Kellnerin zündete sich eine der Zigarren an, die sie hier im Laden teuer verkauften, dann folgte sie ihr.

Der Raum hinter der Tür mündete in einen langen, mit Kerzen beleuchteten Korridor. Die goldenen Halterungen waren mit aufwendigen Ornamenten verziert, der Boden mit einem schweren Teppich ausgelegt.

»Willkommen in der *Royal Hall of Bitches*!«, sagte die Kellnerin und schaltete mit einem Tippen die Fackeln aus und eine gleißende LED-Beleuchtung ein. An den Wänden wurden Porträts von Frauen aus verschiedenen Jahrhunderten sichtbar.

»Unsere Vereinigung wurde 1568 von Elisabeth I. gegründet. Es heißt jedoch, dass es bereits unter Kleopatra erste Vorläufer dieser Verbindung gab. Leider ist alles so geheim, dass man keine Dokumente dazu findet.«

»Ein Geheimbund von Frauen, der schon seit Tausenden Jahren existiert? Das ist doch lachhaft!«, kommentierte Miriam unwirsch.

»Ich sehe schon, du passt sehr gut zu uns«, entgegnete die Bartenderin.

Sie führte Miriam durch den Korridor, hinein in einen herrschaftlichen Raum mit riesigem Kronleuchter und einer ebenso riesigen gedeckten Tafel. Dort saßen Frauen jeden Alters, die augenscheinlich der Royal Hall of Bitches angehörten. Einige von ihnen kannte Miriam aus den Medien, die meisten Gesichter waren ihr jedoch fremd. Miriam wurde der Platz links neben der Stirnseite zugewiesen. Die Frau, die am Kopfende saß, trug ein schlangenförmiges Diadem.

»Das ist die *Oberbitch*«, flüsterte die Kellnerin.

Mit viel Kraft warf die Oberbitch ein Kristallglas an die Wand, um sich Gehör zu verschaffen. »Verehrte Royal Hall of Bitches, ich möchte Ihnen nun unser neuestes Mitglied vorstellen!« Sie nickte Miriam gönnerhaft zu. »Miriam, wir haben lange gezweifelt, ob Sie über genügend *Bitchiness* verfügen, schließlich sind Sie im Ökogewerbe tätig. Aber als wir herausfanden, dass Ihre Patente nur von Ihrem Exfreund, diesem Biochemiker, geklaut sind und dass Sie, als er sich vor ein paar Jahren gerichtlich gegen den Diebstahl wehren wollte, die Richter aller Instanzen nahezu mustergültig erpresst und bestochen haben, wussten wir: Sie sind die Richtige für uns.«

Eine Leinwand fuhr von der Decke herunter, und die Oberbitch begann mit einer Präsentation über Miriams Leben. Der Geheimbund hatte sie anscheinend schon seit langer Zeit beobachtet. Schmunzelnd sahen die anwesenden Damen dabei zu, wie die 16-jährige Miriam ihrem Vater Abführmittel in die Morgenmilch rührte. Einige begannen zu glucksen, als die 20-jährige Miriam ihren Professor im Fahrstuhl verführte, im letzten Moment jedoch die Türen zum Flur öffnete, wo schon das Kollegium mit Kuchen und Sekt für seine Geburtstagsüberraschung bereitstand. Euphorischen Applaus erntete schließlich die Szene, in der sie Daniel Brühl in einem In-Restaurant Chilipaste in die Augen rieb, um an seinen Sitzplatz zu gelangen.

Nach der Präsentation wurde ein Kelch herumgereicht, in den jede der anwesenden Damen hineinspuckte.

»Das ist der *Bitch-Pitch*«, sagte die Anführerin zu Miriam und rotzte selbst noch einmal herzhaft nach. »Trink!«, fügte sie dann hinzu.

Miriam trank, ohne mit der Wimper zu zucken.

»Ich hab im *Ritz-Carlton* schon schlechtere Cocktails serviert bekommen.«

Die Royal Hall of Bitches applaudierte erneut.

»Und was ist Ihre Motivation für Ihre persönliche Bitchiness?«, meldete sich eine Stimme aus der Runde.

Miriam verstand nicht ganz.

»Na ja, ist es Ehrgeiz? Oder einfach Geldgier? Oder vielleicht Neid? Eifersucht? Bitterkeit, weil Ihre große Liebe Sie verschmäht hat?«

Miriam zuckte mit den Schultern. Für sie hatte es nie ein besonderes Motiv gegeben.

»Ich bin Bitch, weil ich es eben kann«, erklärte sie gelassen.

Schlagartig verstummte die gesamte Tafel. Alles schaute gespannt hinüber zur Oberbitch. »Nehmen Sie diese Aussage besser zurück!«, sagte diese scharf.

»Niemals!«, entgegnete Miriam.

»Eine Bitch ohne jegliche Motivation ist eine *Native Bitch*. Eine Art Messias, der nur alle vierhundert Jahre geboren wird und sofort zur Oberbitch ernannt werden muss. Miriam, ich fechte Ihre Behauptung an und fordere Sie zum Kampf heraus!«

Der Kampf dauerte keine drei Minuten. Die Oberbitch hatte zu spät bemerkt, dass Miriam sich bereits das Schälchen mit der Chilipaste von der großen Tafel gesichert hatte. Während die Anführerin sich die Augen rieb, rammte ihr Miriam das Schlangendiadem in die Brust. Dann verließ sie ohne ein weiteres Wort den Saal.

Später in der Nacht saß Miriam in ihrem Schlafzimmer und konnte nicht einschlafen. »Eigentlich hasse ich Mitgliedschaften«, dachte sie. »Diese ganze Vereinsmeierei ist doch scheiße. Wahrscheinlich schicken die Bitches morgen auch noch ein Verlaufsprotokoll rum.« Miriam stöhnte angeekelt in ihr Kissen. Dann schaute sie hinüber zum Aquarium der verwachsenen Kreaturen. Reloading Nemo schwamm wie immer seine Kreise. Miriam stand von ihrem Bett auf und verfolgte mit dem Finger an der Scheibe seine Bewegungen. Gemeinsam drehten sie Runde um Runde. So wurde es am Ende doch noch ein guter Tag.

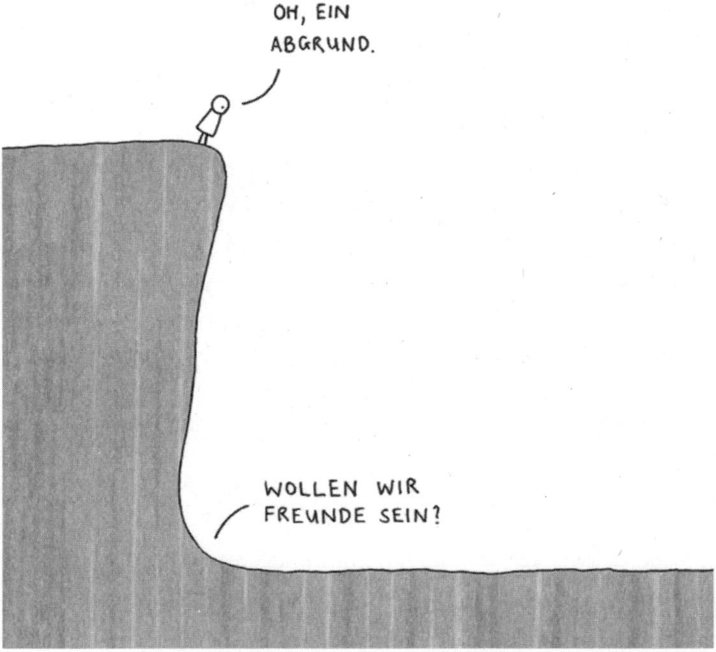

Filolino

O du schönes Bayern!

Daniela Böhle

»Seit mindestens 15 Jahren hast du kein Familientreffen mehr mitgemacht«, hat meine Mutter gesagt. »Also alle 15 Jahre kannst du das schon mal mit uns machen!«

Ich wünsche meinen Eltern ein langes Leben, aber mit dieser Argumentation machen sie mir das wirklich nicht leicht.

Nun sitzen wir am Esstisch meiner Ich-weiß-nicht-wieviele-Grade-Cousine Katrin, meine Eltern und ich und der gesamte Familienteil meiner Mutter.

»Wurzn schlabigl packal bitzldibuckl!«, sagt Lotti, die Cousine meiner Mutter, und zeigt auf den Topf. »Des san Grießnockerl«, übersetzt Katrin, als sie die Suppe verteilt, und alle starren mich erwartungsvoll an. Grießnockerl kenne ich seit immer, aber das will niemand hören. Ihr Bruder Beppo setzt hinzu: »Grießnockerl sind des, probierst es mol, du als Berlinerin musst da koi Angst ham!«

Grießnockerl sind einfach nur Grießklößchen, nicht mal echte Berliner haben vor so etwas Angst, und ich bin ja nicht mal echt. »Grießnockerl!« Seppi, Lottis Mann, kann sich die Gelegenheit auch nicht entgehen lassen. »Kennst des!« Ich probiere folgsam. »Lecker«, sage ich, und die ganze Familie nickt. »Guat, was!«, und Lotti ruft: »Mogsdi krummbigl schrakkernogl!« Sie hören gar nicht mehr auf, zu nicken und immer wieder »Grießnockerl« zu sagen, damit ich mir die neue Vokabel merke. »Das sind Grießnockerl, die brauchst du gar nicht so anzugucken!«, setzt mein Vater, der Preuße, noch eins drauf.

Meine Mutter lächelt verzerrt, weil neben ihr der kleine Sohn von Katrin sitzt und immer wieder mit beiden Händen in seine Grießnockerlsuppe patscht. Meine Mutter hat kleine Stückchen Grießnockerl in ihrem Dekolleté kleben. »Geruppperlnutzdibackl!«, ruft Lotti, und Katrin zwickt ihrem Sohn lachend in die Hamsterbacken, offenbar sind alle sehr zufrieden mit dem kleinen Mistvieh.

Als Nächstes gibt es Tellerfleisch. »Tellerfleisch!«, sagt Seppi deutlich wie für eine Schwerhörige, und ich grinse und nicke. Ein monströser Klumpen Fleisch wird von Katrin auf den Tisch gewuchtet, und meine Mutter springt auf, weil ihr gerade einfällt, dass sie kein Essen für ihren Hund dabeihat. Sie muss mit dem Auto los, weil der Hund nur Spezialessen isst, und zum ersten Mal bedauere ich es, dass ich nicht auch einen Hund habe. Katrin säbelt ein großes Stück von dem Klumpen und klatscht es mir auf den Teller. »Tellerfleisch«, wiederholt sie, und Lotti sagt: »Warzgalockl eana spudiggl kruzidagldischleck huntz!«

Tellerfleisch ist bestimmt der allerblödeste Name für ein Essen, aber darüber will ich wirklich nicht diskutieren und aus jedem Mund ein Mal »Tellerfleisch is des, kennst des!« hören. Lotti steht extra auf, um mir zu meinem Tellerfleisch besonders große Portionen Kartoffelsalat aufzutun. Drei Sorten Kartoffelsalat, drei Berge auf meinem Teller. »Sonst passts net zam!«, sagt Katrin und schmeißt noch mehr Tellerfleisch drauf. Stimmt, jetzt passt das Verhältnis Kartoffelsalat – Tellerfleisch, aber das will ich ganz bestimmt nicht aufessen.

Mit einem Schwung, den ich mir nicht mehr zugetraut hätte, vertausche ich den Teller mit dem meines Vaters mit einer Einzelportion Tellerfleisch und nehme mir von den drei Kartoffelsalatsorten nur einzelne Löffel.

»So wirst du doch nicht satt!«, ruft mein Vater, der begeistert auf seinen Teller blickt. »Sie isst immer so viel!«, ruft er den anderen zu. Ich starre ihn an, unfähig, etwas dagegen zu unternehmen. Ich ahne, dass ich es nur schlimmer machen würde. Mein Vater läuft zunehmend zu großer Form auf. Das missratene Kind von Katrin heult, weil es die Faust in das Glas Senf gebohrt und dann abgeleckt hat. »So was hat Daniela auch immer gemacht«, posaunt mein Vater über den Tisch und wiederholt es für den Fall, dass es jemand nicht mitbekommen hat. »Sie war überhaupt ein sehr lautes Kind!«

Ich nehme mir Meerrettich. »Schabrutzln balotzn gribaatzi!«, ruft Lotti. »Schoaf!«, sagt Seppi, vielleicht ist das die Schabrutzl-Übersetzung. Ich nicke und sage deutlich: »Ich weiß.« »Der ist scharf!«, wiederholt mein Vater auf Hochdeutsch und kann überhaupt nicht mehr aufhören, über den Meerrettich zu sprechen. »Das hast du schon als Kind nicht gemocht!«, sagt er, und: »Ich will dich nicht wieder heulen sehen, weil's dir zu scharf ist!«

Längst bereue ich, dass ich mir Meerrettich genommen habe. Längst bereue ich, dass ich überhaupt mitgekommen bin. Bei mir in der Nachbarschaft wohnt eine Frau, die daran glaubt, dass sich eine Seele den Körper sucht, in dem sie geboren werden will. Ich stelle mir vor, wie in der Seelensuppe mein Vater ausgerufen wurde und alle Seelen gepfiffen und zur Seite geguckt haben, und dann hat meine Seele plötzlich einen Schluckauf gekriegt, und meine Nebenseele hat gerufen: »Die hier will sein Kind werden! Die hier will!« Bei der nächsten Seelenwanderung habe ich mir jedenfalls den Vater des Jahres verdient.

Im Unterschied zu mir fühlt sich mein Vater pudelwohl. »Magst noch an Schnaps?«, fragt Katrin, und ja, mein Vater mag. Lotti erzählt etwas, und alle außer meinem Vater lachen laut. Und außer mir.

Ich würde gern sehr viel Schnaps trinken, habe aber Angst, dass ich einschlafen und zurückgelassen werden könnte.

Es gibt jetzt einen merkwürdigen Nachtisch, den Seppi gemacht hat, Avocadocreme, Curry-Banane-Creme und Tomatencreme, alle drei sind abartig süß, und ich beneide meine Mutter, die immer noch nicht zurück ist. Inzwischen ist sie schon eine Ewigkeit unterwegs, und alle scheinen vergessen zu haben, dass sie überhaupt mal da war. Mein Vater schaufelt sich große Berge auf den Teller und versenkt sie schneller in seinem Magen, als ich mich entscheiden kann, welche der drei Cremes ich am widerlichsten finde. »Köstlich!«, ruft er. Und ich bin natürlich im Fokus von Seppi, dem Meisterkoch.

»Des is Tomate«, sagt Seppi immer wieder, obwohl ich die ganze Zeit nicke. Erst als ich »verrückt« herauspresse und es genauso meine, hört er auf. »Avocado«, er spricht langsam mit mir wie mit einer Idiotin. »Verrückt«, sage ich wieder. Keine Ahnung, warum ich es nicht schaffe, das Zeug einfach stehenzulassen. Höflichkeit haben Menschen erfunden, die keine Verwandten in Bayern haben.

Mein Vater will mehr Curry-Banane, »fast chinesisch«, sagt er zu Seppi. »Die Chinesen essen ja alles.« Während ich mich frage, ob er gerade den Koch beleidigt hat, antwortet Seppi: »Die essen ois, was fliegen konn!«

Und mit dunklerer Stimme: »Außer Flugzeuge und Helikopter!« Wildes Gelächter, mein Vater bekommt einen Schluckauf vor Lachen. Seppi: »Ois, was schwimmen konn!«, und mit dunklerer Stimme: »Außer U-Boote!« Mein Vater droht zu ersticken, und Katrin bringt ihm Kaffee.

Als wir endlich gehen dürfen, hat das Kind von Katrin in meine Schuhe gepinkelt, und alle außer mir finden das lustig, vor allem mein Vater. »Hoatzan Lubschmackerl kratzdilackboatzanigll«, ruft Lotti, und Seppi schlägt mir auf den Rücken, dass mir die Luft wegbleibt.

Am achten Tag, denke ich im Auto, hat Gott darüber nachgedacht, ob er noch eine Hölle erschaffen sollte, dachte dann aber, ach wozu, ich hab ja schon Bayern gemacht!

Katharina Greve

Es ging nie darum, die Echse zu schubsen

Katinka Buddenkotte

Ich habe wieder etwas gefunden, für mein Dokumentenschächtelchen. In das tue ich alles rein, was ich erst ganz kurz vor Schluss noch wissen will. Seit Jahren befülle ich es mit DIN-A4-Seiten, die ich zuvor blind ausgedruckt habe. Zum Beispiel der komplette Songtext von »Footloose«. Wenn das Lied im Radio läuft, verstehe ich immer nur: »Nannananaa ... please... Louise ... nananana Footloose!«

Ich habe den Film nie gesehen. Ist auch nicht geplant. Der Plan besteht darin, dass ich, wenn möglich, kurz vor meinem Ableben mein Schächtelchen öffne, um dann zu erfahren, worum es in dem Song geht. Oder ob überhaupt. Und mich dann nicht zu grämen, wenn gar keine »Louise« darin vorkommt. Da würde ich dann hoffentlich drüberstehen, oder wenigstens lächelnd danebenliegen.

Andere Popsongs habe ich mir schon völlig verdorben, indem ich nachgeschaut habe, wie deren Text wirklich lautet. Um dann festzustellen, dass meine Lyrics viel besser, oder sagen wir mal: wesentlich innovativer waren als die, die irgendwelche uninspirierten Teilzeitbarden sich aus den Hirnen gebröselt haben.

Ein trauriges Beispiel war da »Hey, Soul Sister«, ein One-Hit-Wonder aus dem Jahr 2009, geschrieben von einer Band namens *Train*. Jahrelang habe ich da in der letzten Strophe folgende Worte verstanden: »And I won't tip your iguana.«

Ein in der englischen Sprache weniger versierter Mensch als ich, der vielleicht sogar Übersetzungshilfen aus dem Internet bemühen würde, könnte diese Zeile dann so überliefert bekommen: »Und ich werde deine Pflanzenechse nicht schubsen«, was natürlich inhaltlich vollkommener Schwachsinn ist. Niemand hat die Absicht, die Echse eines anderen zu schubsen. Schon darüber nachzudenken, auch nur die eigene Echse zu schubsen, empfinde ich als übergriffig. Diese vollkommen überflüssige Botschaft der unterlassenen Reptilienstürzung will doch nicht mal eine Band verkünden, die denselben Song schon mit einer achtundzwanzigmaligen Wiederholung des Wortes »Hey« einleitet.

Daher ist es gut, dass eine kosmopolitisch geschulte Fachkraft wie ich einst vom Leben gelernt hat, dass »to tip somebody« im urbanen Umfeld viel wahrscheinlicher bedeutet, jemandem ein Trinkgeld zu geben. Und schon wird ein Schuh draus, der Angebeteten singend zu versichern: »Und ich werde deinem Leguan kein Trinkgeld geben.« Das ist doch mal eine Ansage, oder? Ein Statement, das diese vom Geld regierte Welt mal wieder geraderückt, die Ausbeutung von Tieren im Servicebereich anprangert und gleichzeitig ein hochmoralisches Versprechen knackig verpackt. »Ich werde deinem Leguan kein Trinkgeld geben«, das bedeutet nichts anderes als: Ich liebe dich, Babe. Aber dein Leguan, der soll sich nicht prostituieren müssen, in einem schäbigen Diner, in einer lächerlichen Uniform, auf Mindestlohnbasis. Wo er fetten Touristenfamilien die Karte mit einem gequälten Lächeln vorbetet und am Ende doch nur alle Kaffee zum Nachfüllen bestellen. Für was? Für ein Trinkgeld? Das gerade mal für ein Taxi zurück ins Terrarium reicht? Und am nächsten Tag derselbe Scheiß; auf ewig!? Ich sage: Nein!

Und singe: Hey. Heyheyheyhey ... Blablablabla ... Ich werde deinem Leguan kein Trinkgeld geben! Um diesen Teufelskreis ein für alle Mal zu durchbrechen. Und ja, ich riskiere damit, dass dein Leguan daraufhin per Anhalter nach Hause fahren muss, was schwierig ist, ohne Daumen, und bei seinem Pech hält keiner an, es wird anfangen zu regnen, und dein Leguan wird wütend seine feuchte Zigarette auf dem Asphalt zertreten, sich das entwürdigende Häubchen vom Kopf reißen, vielleicht sogar mit der Zunge, und dann wird ihm einfallen, dass er dieses Häubchen dem Diner-Besitzer ersetzen muss. Weitere 18 Dollar, die er nicht hat, dein Leguan, und dann wird er weinen, wegen Aussichtslosigkeit.

Heiße Tränen, vermischt mit Regen, vielleicht läuft sogar etwas Wimperntusche an den schuppigen Wangen herab, aber dies ist der Moment, wo dein Leguan vor dem Scheideweg steht: Entweder er wirft sich vor das nächste Auto, oder er stapft nach Hause, kündigt per WhatsApp seinen Scheißjob und geht dann wieder zurück aufs College! Ja, warum denn nicht? Es wird sich doch wohl ein Stipendium auftun! Ich meine, ja, vielleicht hat dein Leguan eine kleine Lese-Rechtschreib-Schwäche und in all den Jahren nur so getan, als würde er die Speisekarte vorlesen, dabei hat er nur ein Auge Richtung Kuchenauslage gedreht und auswendig aufgezählt, welche Muffins heute im Angebot sind! Aber wenn er beim Dekan vorsprechen darf, dann wird der sein Potenzial erkennen! Vielleicht kann dein Leguan während des Bachelorstudiums nebenher an der Uni eine Modern-Dance-Gruppe unterrichten, ich meine: Ist das nicht das, worum es geht, in dem Film *Footloose*? Please, Louise? Nein, ging es nicht. Glaube ich. Und leider, leider lautet die Zeile in dem Song »Hey, Soul Sister« von *Train* gar nicht »And I won't tip your iguana«, sondern »Like a virgin, you're Madonna«. Was ist denn das für ein rückwärtsgewandter Bullshit? Oder soll das ein Witz sein? Sarkasmus? Also, wer so was textet und singt, der schubst auch Pflanzenechsen, und zwar regelmäßig. Gut, dass diese Band nie wieder sonderliche Beachtung gefunden hat in der Welt. Aber schlecht, dass ich den Songtext nachgegoogelt habe. Ich fürchte fast, dass sich nun kaum jemand jemals wieder ernsthaft musikalisch dem Thema berufliche Aufstiegschancen für Leguane widmen wird.

Aber zurück zu meinem neuen Fundstück, das noch seinen Weg ins Schächtelchen finden kann. Dieses Mal ist es kein Songtext, sondern ein Zeitungsartikel, der mir in die Timeline gespült wurde. Natürlich habe ich den nicht gelesen. Um mir die wundervolle Überschrift nicht zu versauen. Die lautet: »Als leidenschaftlicher Dressurreiter bei Verstand bleiben«. Da will ich wirklich erst ganz, ganz kurz vor Schluss wissen, wie das funktionieren kann. Respektive: mich nicht ärgern, wenn das doch wieder nur Clickbait war und es im Artikel selbst doch nur wieder darum geht, wie man als Leguan in Teilzeit Studium und Beruf unter einen Hut kriegt. Oder wie der Hunger auf der Welt relativ einfach zu bekämpfen ist. Oder was bei selektiver Schwerhörigkeit wirklich hilft. Oder gar eine komplette Inhaltsangabe des Films *Footloose*. Nein, ich drucke den Artikel aus, taste mit geschlossenen Augen nach meinem Schächtelchen, falte das Blatt zusammen und lege es hinein. Ist total dämlich, oder? Ich meine, warum falte ich das Blatt nicht nach dem Drucken, direkt? So könnte ich mir das Blind-nach-dem-Schächtelchen-Tasten sparen und hätte mal einen Unfall weniger pro Tag. Aber ich sage nur: Vielleicht ist das nicht der Weg, um als leidenschaftlicher Dressurreiter bei Verstand zu bleiben, aber: Es ist mein

Weg. Denn in meiner Schachtel liegt neben all den falsch verstandenen Songtexten auch ein wahrer Schatz. Ein Ring, gefertigt aus Goldpapier. In dem Ring ist kein Stein eingefasst, sondern eine Batterie. Der Ring kann einen Text abspielen, wenn man ihn fest drückt. Der wirklich sehr kurz, aber sehr verständlich ist. Er lautet: »Dam-dam.« Das ist natürlich Unfug, aber ich sorge mich eben um euch, Leute. Auch wenn ihr keine leidenschaftlichen Dressurreiter seid, solltet ihr bei Verstand bleiben. Und das geht einfach nicht, wenn ihr jetzt entweder einen Ohrwurm von *Footloose* habt oder eben von dem blöden Song, in dem es nicht um Echsen im Mindestlohnsektor geht. Ihr sollt nicht traurig sein, aber falls doch, dann nehmt – in Gedanken – diesen goldenen Ring von mir. Denn: Bist du traurig, dann sagt er dir: »Dam-dam.« Und schon ist alles besser, oder?

Bei seiner ersten Begegnung mit den Aliens wusste Hilmar nicht so recht, wo er hingucken sollte.

Dorthe Landschulz

Ramen-Suppen

Lara Stoll

Orgastisch, aromatisch dampfende Brühen mit Nudeln, Fleisch, Ei und je nach Sorte mit einer bekloppt großen Menge irgendwelcher Sprossen darin. Das Fast-Food-Konzept dieser Restaurants wird von den Japanern im eigenen Land höchst konzentriert und in landesüblich stoischer Perfektion ausgeführt. Möglichst viele Menschen sollen in kurzer Zeit glücklich gemacht werden. Man tritt ein, bestellt, schlürft und verlässt den Laden wieder, kauen ist für Loser.

Aber die Europäer*innen und insbesondere die Schweizer*innen haben dieses Prinzip noch nicht richtig verinnerlicht. Nachdem man Platz genommen, bestellt und die heiße Suppenschüssel – von der gestressten Bedienung namens Sabrina – vor den Latz geknallt bekommen hat, wird erst einmal gewartet, *bis* die Brühe abgekühlt ist und nicht mehr geschlürft, sondern gegessen werden kann. Ja nicht schlürfen – nein, Schweizer*innen schlürfen nicht, Gott behüte –, und ja nicht hetzen jetzt. Es wird in aller Ruhe ein Foto gemacht, geredet und noch ein bisschen geredet, weil man hat sich ja endlich einen der beliebten Plätze ergattern können, da kann die Wirtschaft jetzt mal ein bisschen warten, wir reden ja hier nicht von Mutter- und Vaterschaftsurlaub.

Dabei sind diese Ramen-Restaurants ja eben extra so konzipiert, damit die Atmosphäre *nicht* zum Verweilen einlädt. Das Interieur ist *extra* so eng gestaltet, dass eigentlich nur eine Mischung aus einem Hobbit und einem Appenzeller gepaart mit der Magersucht von Donald Trumps Hirnmasse dort drin Platz hat. Es ist extra so verfiggt eng, damit man dort Suppenspritzer von den Tischnachbar*innen ins Gesicht bekommt, damit man dort einfach nur essen und nicht etwa eine schöne Zeit verbringen will, damit eben die anderen Menschen, die draußen vor dem Laden warten, auch über Mittag Ramen-Suppe essen können.

Damit *ich* auch Ramen-Suppe essen kann. Ich, die ebenfalls draußen in der Schlange steht und durch die große Fensterfront den redenden Gästen beim Reden zusehen kann. Auf Platz sechs stehe ich. Und wie die fünf vor mir und die zwanzig hinter mir denke ich: Ihr seid doch Arschlöcher. Ihr seid doch Arschlöcher, dass ihr jetzt da drin hockt und das Prinzip nicht cheggt. Oder schlimmer noch, dass ihr's cheggt und euch trotzdem nicht beeilt. Gopferdammi.

Vermutlich habt ihr noch gar nie eine richtig authentische Ramen-Suppe gesehen? Nur so eine dahergepupste europäisierte – aber trotzdem sehr leckere – Ramen, die von Hipster-Siegfried und -Roy zubereitet wird. Von Davide, dem blonden Schnäuzchen-Schönling mit trendigem »Nur die Weinkarte bitte«-Shirt, und José, dem geheimnisvollen Südländer, der mit seinen cool tätowierten Armen die Nudeln herumschleudert.

Aber ja, das cheggt ihr natürlich auch nicht, ihr Warmduscher da drin. Und jetzt sitzt ihr da und schwafelt und labert, geht doch in den Sprüngli, ihr Wichser, oder holt euch einen Bubble Tea, oder stellt euch in die Schlange des letzten geöffneten Bahnschalters und quasselt über euren wirtschaftsliberalen Expat-Kunst-Hochschul-Cloud-Kosmopolit-Kultur-Kapitalismus-Kackadideldu.

Doch am allermeisten ärgert mich, dass ihr euch anmaßt, zwei Minuten früher da gewesen zu sein als ich! Sodass ich jetzt dreißig Minuten warten muss wegen dieser verdammten zwei Minuten, aber ja, ich bin ja auch ein Arschloch, dass ich es nicht geahnt hatte, trotz all der Arschlöcher, die immer schon Schlange stehen, bevor der Laden überhaupt öffnet. Hätte ich nicht die zwei Minuten vor dem Spiegel vertrödelt, hätte ich nicht noch diesen neuen wasserfesten Augenbrauenpinsel ausprobiert, mit dem ich in der Eile noch ausgerutscht bin. Und jetzt hängt mir dieser blöde Strich schief in der Visage, dabei hätte ich lieber noch kurz die Zähne geputzt oder ein bisschen masturbiert in den zwei Minuten, aber jetzt steh ich hier und sehe aus wie der allerletzte Clown mit Mundgeruch und muss euch Arschlöchern zusehen, wie ihr eure Freizeit genießt, obwohl es nicht das Konzept ist, dass man die Zeit genießt. Nur die Suppe soll man genießen. Nur die Suppe!

Alle mit den Lätzchen hocken sie da, ja kein Fleckli auf das Hemdli machen. Und schön noch eine Vorspeise bestellen.

Wisst ihr denn nicht, dass es hier riesige Portionen gibt? Das esst ihr nie! Nie esst ihr die ganze Ramen-Suppe plus die Vorspeise, das ist dann wieder Lebensmittelverschwendung. Elf Millionen Tonnen werden in Deutschland jedes Jahr weggeschmissen und zwei Millionen in der Schweiz – »Aber komm, wir nehmen noch den Seetangsalat mit Wasabi-Yuzu-Dressing, weisch, bisschen Salat ...«

Und ja nicht das Reden vergessen. Und *nein*! Was sehe ich denn da durchs Fenster? Da isst eine junge Frau mit, mit ... Löffel und *Gabel*?! Das sind doch keine Spaghetti Carbonara, gopferdammi. Jetzt reicht's!

Meine Gedanken überschlagen und meine Beine verselbstständigen sich. Ich stürme in den Laden, bleibe zwischen zwei Tischchen eingepfercht stehen, reiße der jungen Dame die Gabel aus der Hand und teile ihr freundlich mit: »Das isst man mit Stäbchen, du Dödeline. Wenn du nicht mal weißt, wie man Ramen richtig isst, dann würde ich zurück nach Sirnach oder Hunzenschwil und mir ein Tutorial ansehen und dir schwerstens empfehlen, mal mit einer Buchstabensuppe anzufangen, du Löffel. Wenn du auf dem Tellerrand Ramen richtig geschrieben hast, kannst du mir ein Selfie davon schicken, das ich sofort löschen werde, weil es mich eigentlich gar nicht interessiert, weil ich einfach deinen Platz will und ich dich deswegen dumm finde!«

Ich will ihr gerade anständig die Gabel zurückwerfen, da steht ihr Freund auf, ein Hüne eines Sirnachers oder Hunzenschwilers, die Gäste links und rechts von ihm kippen dominosteinmäßig zur Seite.

»Jetzt hör mir mal zu!« – Aha, sein Akzent verrät mir, dass er auch aus dem Thurgau stammt – »Ich und meine Freundin sind gestern schon hier gewesen, und da gab's keinen Platz mehr, darum sind wir heute extra früher aus dem Büro, ich finde das wahnsinnig unfreundlich und sehr unschweizerisch von dir!«

»Hm, willst du mir etwa sagen, ich wisse nicht, wie man sich als Schweizer verhält, hä? Hä? Ich zeig dir, wie man sich als Schweizer verhält, ich entschuldige mich vordergründig, ›Ent-schul-di-gung‹, denke aber im Stillen für mich: ›Figg dini Muetter!‹«

Der Thurgauer nickt.

»Das ist sehr schweizerisch von dir, das stimmt. Trotzdem hast du meine Freundin beleidigt, und bei uns in der

Ostschweiz ist der Feminismus noch nicht so fortgeschritten, darum hab ich keine Hemmungen, dich jetzt leicht zu schubsen.«

Der Kantonsgenosse schubst mich leicht, und Stolli-chan fliegt wie ein kleines Kind durch die Luft und landet mit der linken Pobacke in der Suppe eines anderen Gastes. In dem Moment betritt ein zorniges Pärchen aus der Warteschlange den kleinen Laden und beschimpft mich: »Wieso hältst du diese Idioten vom Essen ab, du Idiotin! Wir wollen auch essen, das dauert ja noch länger als sonst ... und ich muss in einer Stunde im Büro sein!«

Jetzt mischt sich auch einer der Angestellten ein, und noch mehr Leute stürmen in den Laden. »Was ist hier los? Warum geht's hier nicht vorwärts, wo sind wir denn hier?«

Plötzlich bricht die Meute in wüstes Geschimpfe aus, es gibt kein Halten mehr. Die viel zu kleinen Wassergläser fliegen durch die Luft, Nudeln, überall sind nur noch Nudeln, Udon, Soba, ein Fleischkäse-Sandwich, »Sorry, aber friss meinen Zvieri!«, ruft's hinterher.

Der Thurgauer Hüne springt plötzlich auf den Tisch und brüllt: »Rasensprenger!« Er hebt seinen Teller hoch und schlürft nun tatsächlich seine Suppe, aber nur, um danach langsam den Kopf hin und her zu drehen und die weißlich trübe Brühe gekonnt zwischen seinen Lippen hervorzusprenkeln. Während mir die würzige Flüssigkeit das Gesicht runterläuft, denke ich kurz, dass er mit diesem Move vermutlich ein ziemlich interessanter Liebhaber sein könnte.

Ich stehe mitten im Getümmel und spüre, wie sich meine rechte Faust ballt, wie sie sich ganz langsam nach oben bewegt, dann wieder runter, dann wieder hoch, dann nach vorne, ich stelle fest, dass meine letzte Prügelei im Jahr 1998 stattgefunden hat und ich keine Ahnung mehr habe, wie das geht. Ich greife also nach irgendeinem Löffel und mache den Uri-Geller-Move, um meine Gegner*innen zu verwirren. Danach fällt mir beim besten Willen nichts mehr ein. Ich beschließe also, mich unauffällig zur Toilette zu bewegen, um in Ruhe zu überlegen, was meine nächsten Schritte sein könnten und wie ich diesen Thurgauer ins Bett kriegen könnte.

Auf dem Weg zum Klo bietet sich mir ein tobendes Spektakel, alle Gäste spielen total verrückt. Die Lätzchen-Büro-Fraktion aus der Agglo haut dem gentrifizierten Elektro-Trottinett-Pöbel auf den Schnabel, ein paar distinguierte Mitte-Frauen geben mürrische Geräusche von sich, als wären sie in der SRF-Arena und kämen nicht zu Wort, und chinesische Tourist*innen machen Fotos.

»Hier«, schreit am Tischchen neben der Toilette einer, der auf seine Miso wartet. Neben ihm wird jemand mit heißem Sake gewaterboardet. Ein Stuhl fliegt über meinen Kopf und zerschellt an der Wand.

»Im Osten sitzt man eh am Boden, du Hurensohn! Aber ich bezahle den Stuhl natürlich, und Trinkgeld gibt's auch.«

»In Japan ist Trinkgeld eine Beleidigung, du Affenarsch!«, höre ich noch, als die Toilettentür *endlich* hinter mir zufällt.

Sofort zünde ich mir eine Zigarette an. Ich inhaliere den ersten Zug und puste den Rauch energisch aus. Als plötzlich jemand vor mir laut zu husten beginnt: »Musst du mir hier jetzt ins Gesicht rauchen, du dummer Raucher, als wäre Warten nicht schon schlimm genug!«

Ich bin verwirrt. Ich stehe vor dem Laden und nicht in der Toilette. Das ganze Theater hat sich nur in meinem Kopf abgespielt, und ich habe einem kleinen Kind gerade die volle Ladung Parisienne-Mango-Klick ins Gesicht gehaucht.

Ich entschuldige mich heftig und ohne Hintergedanken. Ich schaue auf die Uhr. Es sind erst zwei Minuten vergangen. Am Himmel ziehen Wolken auf. Mein Blick fällt durch das Fenster auf die essenden und redenden Gäste und auf die Frau, die ihre Suppe mit Gabel und Löffel isst. Ich werfe die Zigarette weg, steche wütenden Schrittes in den Laden und setze alles genau so in die Tat um, wie mir das gerade eben schon durch den Kopf gegangen ist.

Katharina Greve

Ich habe nicht genug Stifte geklaut. Eine Lektion in Business English

Jacinta Nandi

»Was«, sage ich.

Ich sitze in dem Learning-Club-Klassenzimmer, normalerweise unterrichten wir hier arbeitslose Studenten, aber heute ist dieser Raum belegt durch zwei nette deutsche Frauen, die mich angucken, und ich gucke sie zurück an und schlucke.

Die Personalleiterin von Business 2 Go sitzt da und eine Rechtsexpertin von CB Learning. CB Learning ist die Mutterfirma von Business 2 Go, meiner Sprachschule, meiner Firma, wo ich arbeite, wo ich Business English für Arbeitslose unterrichte, um sie attraktiver für künftige Arbeitgeber zu machen. CB Learning hat Business 2 Go vor ein paar Jahren übernommen, ich erinnere mich, weil sie einen neuen Dresscode rumgeschickt haben, wir sollten keinen Ausschnitt mehr zeigen. Nachdem sie uns übernommen hatten, haben sie eingeführt, dass wir Arbeitsziele definieren sollen, so Quatscharbeitsziele, die für uns relevant sein sollten – ich plane eine Unterrichtsstunde –, aber gleichzeitig zum Gewinn von CB Learning beitragen sollten, absurderweise, und dass diese Ziele transparent und realisierbar sein sollten und so ein Quatsch. Totaler Quatsch. 2014 dachte ich, dass alle wüssten, dass es Quatsch ist, aktualisierte meine Arbeitsziele nicht und kriegte eine Abmahnung. 2015 bin ich am 27. Dezember bei

Business 2 Go vorbeigegangen, in meinem URLAUB, um meine Arbeitsziele im Arbeitszielprogramm zu aktualisieren, weil ich so eine Angst hatte vor einer zweiten Abmahnung.

Und jetzt sitze ich vor der Personalleiterin und der Rechtsexpertin, und sie sagen: »Sie haben eine ganz normale Kündigungsfrist, und deswegen wird Ihr letzter Arbeitstag hier der 31.7. sein.«

»Was?«, sage ich.

»Ihre Kündigungsfrist beginnt im Mai«, sagt die Rechtsexpertin.

»Ich soll nicht mehr kommen im August?«, frage ich. »Ihr wollt mich nicht mehr haben? Echt jetzt?«

Sie gucken mich traurig an. Scheiße, denke ich mir. Ich habe nicht genug Stifte geklaut, denke ich mir.

Acht Jahre lang versucht, normal zu wirken, manchmal hat's geklappt, manchmal weniger, manchmal gar nicht. Meine amerikanische Kollegin –, »I am a professional English teacher, I am here to help the students become professionals in the international English-language labour market. I am a professional person. I want to be a professional person. I believe in the importance of comporting myself professionally. Do you even want to be a professional person, Jacinta?« – sie hat mich manchmal durchschaut.

Ich habe einmal eine ganze Unterrichtsstunde auf den Third Conditional und die Pille danach beziehungsweise Abtreibungshorrorgeschichten verwendet. Kennt ihr den Third Conditional? Das geht auf Deutsch so: Wenn ich die Pille danach nicht genommen hätte, wäre ich schwanger geworden. Auf Englisch so: If plus past perfect, Komma, would have, past participle. If I had taken the morning after pill, I wouldn't have got pregnant. Das Problem bei diesem Third Conditional ist, dass alle Beispiele, mit denen die Schüler sich merken könnten, was man ihnen beibringen will, ein bisschen ... na ja ... zu frech sind.

Woran man das gut sehen kann, ist Hitler: Wenn Hitler mehr als ein Ei gehabt hätte, wäre er vielleicht gar nicht in Polen einmarschiert. If Hitler had had more than one ball, he wouldn't have invaded Poland. Irak-Krieg: Wenn Bush und Blair wirklich gedacht hätten, Saddam hätte Massenvernichtungswaffen, wären sie nie reingegangen in den Irak. If Bush and Blair had really thought Saddam had weapons of mass destruction, they wouldn't have invaded Iraq. Oder halt Abtreibungen. Abtreibungen sind super, um den Third Conditional zu unterrichten. Wenn er ein Kondom getragen hätte, wenn ich die Pille danach geschluckt hätte, wenn er auf meinen Bauch gekommen wäre. Oder ins Gesicht. Wenn er mich in den Arsch gefickt hätte. Oder: Wenn Abtreibungen illegal gewesen wären, hätte ich mich umgebracht. Geht auch.

Das Problem ist, wir sollen den Studenten Business English beibringen, und wir sollten so Beispiele benutzen: Schlecker und so. SCHLECKER. Diese deutsche Drogerieladenkette, die dichtgemacht hat. Was hätte Schlecker anders machen können, um die Konkurrenz von DM zu bezwingen. Schlecker. SO LANGWEILIG: SOGAR OTTO SCHLECKER SELBST WÜRDE LIEBER ÜBER ABTREIBUNGEN SPRECHEN ALS ÜBER SO EIN LANGWEILIGES THEMA.

Einmal gab es eine Unterrichtseinheit, 90 Minuten, die sich um berühmte deutsche und internationale Business-Katastrophen, »Famous Business Fiascos – use examples from your students' country or any international fiascos you can think of«, drehen sollte, und diesen Unterricht habe ich ein bisschen adaptiert in ein Abtreibungs-Special. Das Problem war, dass meine professionelle amerikanische Kollegin genau zu dem Zeitpunkt in das Klassenzimmer kam, als ich gerade sagte: »Well me personally, if I hadn't had my first abortion, I would never have even needed to have the second one anyway, they were too close together, timewise.«

Aber im Grunde genommen habe ich es geschafft. Acht Jahre die Leute ausgetrickst. Jetzt ist das Spiel aus.

Und jetzt. Jetzt bin ich arbeitslos.

Ich hätte viel mehr Stifte klauen sollen, denke ich. Sie haben so gute Stifte auf Arbeit, ich glaube, sogar wenn ich reich wäre und bei Montblanc jeden Tag tausend Stifte kaufen könnte, würde ich diese Stifte bevorzugen. Ich habe viel zu wenig Stifte geklaut. Und dann denke ich: Ich habe viel zu wenig Studenten gefickt. NUR ZWEI. In acht Jahren. Nur diesen einen Deutschtürken, ich brachte ihn einmal zu den *Surfpoeten*, und er hat gesagt: »Das ist so nett, dass du zusammen mit Lernbehinderten arbeitest.« Und ich sagte: »Sie sind nicht lernbehindert.« Und er sagte: »Du musst mich richtig hübsch und männlich finden im Vergleich zu deinen behinderten Kumpels bei der Lesebühne.« Und dann einmal einen aus Mecklenburg-Vorpommern, der immer gesagt hat: »Ich als Ossi«, bei jedem Satz. »Ich als Ossi möchte eine Tasse Tee.« »Ich als Ossi gehe jetzt aufs Klo.« »Ich als Ossi brauche die Fernbedienung.« Ich erinnere mich daran, wie er mir vorgeschlagen hat, dass wir miteinander schlafen, er hat mir nach dem Unterricht bei Facebook geschrieben und gefragt: Bestimmt hast du niemals mit einem Ossi geschlafen, oder?

Viel zu wenig Stifte geklaut, viel zu wenig Studenten gefickt, jetzt bin ich pleite und arbeitslos, was habe ich davon. Aber zumindest weiß ich, was ich in meinem nächsten Job anders machen werde.

Miriam Wurster

»Ich hatte Ihnen doch gesagt, Sie sollen das absetzen!«

Vier Kolumnen von Lea Streisand

I

Nur mal angenommen, wir hätten Mitte Februar 2021, Lockdown in einer Pandemie. Und ihr hättet ein etwa drei Jahre altes Kleinkind bei euch zu Hause, dessen erklärte Lieblingsbeschäftigung es ist, in knietiefen Matschepfützen herumzuwaten. Was wäre – rein haushaltsmäßig – so etwa das Schlimmste, was passieren könnte? Richtig!

Unsere Waschmaschine ist kaputtgegangen. E 18. Pumpe kaputt.

»Wo sind Sie?«, fragt die Frau vom Kundendienst mich Montagmorgen am Telefon. »Berlin? Oh je, das dauert! Nirgendwo ist es grad so schlimm wie bei Ihnen.«

Sie soll sich keine Sorgen machen, sage ich, das kennen wir Berliner nicht anders. »Aber ick hab 'n Kleinkind«, füge ich hinzu. »Ick bräuchte die Waschmaschine möglichst bald wieder. Der Junge macht nämlich Dreck.«

»Brauchen Sie mir nicht erzählen«, sagt sie. »Ich hab zwei von der Sorte. Seit einem Jahr zu Hause.«

»Oh Gott«, sage ich. »Sind Sie nicht systemrelevant?«

Sie lacht bitter.

Sie sitzt in Niedersachsen aufm Dorf und macht für die Waschmaschinenfirma Kundenservice im Homeoffice. Sie habe sich jetzt zum Arbeiten auf den Dachboden verkrochen, erzählt sie. »Damit die Jungs mich nicht finden. Ich mach nicht mal mehr, wenn ich aufs Klo gehe, die Tür zu, weil die dann doch nur dagegenhämmern. Hier oben kann ich mich wenigstens mal nur auf eine Sache konzentrieren.« Sie hält inne. »Apropos. Was wollte ich?«

»Mein Termin«, sage ich.

»Ja!«, sagt sie. »Achter Dritter.«

»Da ist doch Frauentag«, sage ich.

»Stimmt«, sagt sie, »Neunter Dritter.«

Ich blättere im Kalender. »Ach du Scheiße«, murmele ich. »Das ist in zwei Wochen!«

»Ich weiß«, erwidert sie schuldbewusst. »Aber ich kann nix machen. Unsere Monteure dürfen nur noch vier Kunden am Tag anfahren wegen Corona. Und die Leute sitzen zu Hause und haben nichts zu tun und reklamieren jetzt irgendwelche Kratzer, die sie nie vorher gesehen haben.«

»Gibt's nicht so was wie 'ne Prioritätenliste?«, frage ich.

»Hatten wir. Im ersten Lockdown«, sagt sie. »Aber dann sind die Kollegen nachher mit dem Abarbeiten nicht hinterhergekommen. Und seien wir ehrlich. Es ist doch bei diesem Lockdown jetzt schon kein Ende in Sicht.«

Wir seufzen beide.

»Na gut«, sage ich. »Ich werd ma' im Keller gucken, ob ich noch 'n Waschbrett finde.«

2

Die Wäscheberge wuchsen, der Haussegen wackelte.

»Könnt ihr nicht einen anderen Klempner holen?«, fragte meine Mutter mitleidig.

»Welchen denn?«, rief ich. »Gibt ja keine.«

»Ihr könntet hier waschen«, schlug sie vor.

Ich sah sie an. »Lieber nicht, Mami. Ist besser für uns alle.«

»Dann ruf bei Könich an«, riet meine Mutter. »Da haben wir die Maschine doch damals gekauft.«

Ich staunte. »Bei Jürgen König? Meinem Redakteur bei radioeins?« (Ich habe eine Radiokolumne seit 2014 jeden Montagmorgen. Jürgen König ist der Redakteur, der für mich zuständig ist. Er sagt, die Hälfte seiner grauen Haare hat er wegen mir. An ihn gehen die E-Mails, wenn Leute sich über meine Texte beschweren. Besonders wenn ich was über Kinder erzähle oder über meinen Alltag als Mutter, hagelt es Beschwerden. Irrelevante, langweilige Scheiße sei das, was ich erzähle. Warum die Frau hier ihre Privatgeschichten im öffentlich-rechtlichen Rundfunk erzählen dürfe. »Ich hatte Ihnen doch gesagt, Sie sollen das absetzen.« Wenn du als Mann in der Öffentlichkeit von deinem Alltag als Vater erzählst, kriegst du das Bundesverdienstkreuz. Wenn du als Mutter in einer Pandemie anmerkst, dass Eltern alleine die Care-Arbeit für ihre Kinder nicht stemmen können, schon gar nicht, wenn sie »nebenher« im Homeoffice einer normalen Erwerbsarbeit nachgehen müssen, dann sind die Reaktionen etwa so, als würde ich eine Brust aus dem T-Shirt hängen lassen. Erregung öffentlichen Ärgernisses. Das muss doch jetzt wirklich nicht sein.

Vor Corona bin ich etwa einmal im Monat mit der S-Bahn von Pankow nach Potsdam-Babelsberg zum rbb gefahren, habe mit Jürgen im Studio die nächsten vier Kolumnen eingesprochen und bin dann wieder nach Hause. Jedes Mal ein Tagesausflug. Nun stehe ich einmal die Woche mit einer Decke über dem Kopf vor meinem geöffneten Wäscheschrank und huste in mein Handy rein. Danach schicke ich die Aufnahme an Jürgen, und er schneidet die gröbsten Schnitzer raus.)

»Quatsch«, sagte meine Mutter Ende Februar 2021. »Bei Küchen Könich haben wir die Waschmaschine gekauft, mit ch hinten, vor zwölf Jahren, und dann habt ihr die gekriegt, als eure kaputtgegangen ist.«

Ich rief bei Küchen Könich an. Er kam vorbei. Also er sagte, er würde vorbeikommen. »Dienstag zwischen neun und zwölf.«

Dienstag gegen 13 Uhr klingelt mein Telefon: »Ja hallo, Frau Streisand, hier Könich!«, brüllt Herr Könich. »Ick bin jetzt bei Ihnen vorbeijefahren!«

Mir stockt der Atem. »Sie sind was?«

»Ick finde bei Ihnen einfach keinen Parkplatz vor der Tür.«

Ich kriege Schweißausbrüche. Jetzt nicht wütend werden, ermahne ich mich selbst, fang jetzt bloß nicht an herumzuschreien, das ist der einzige Handwerker, den du hast, wenn du den jetzt verjagst, kriegst du nie wieder einen.

Ich schlucke. »Äh, ja aber ... meine Waschmaschine ...«

Könich unterbricht mich: »Ick fahre jetz' erst mal zum nächsten Termin ...«

Ich unterdrücke ein Wimmern.

»Sie könnten doch in die Einfahrt ...«, schlage ich vor. Meine Stimme ist höher als gewöhnlich. »Das machen alle!«

Könich ignoriert den Einwurf. »Ick meld mich später noch ma' bei Ihnen«, sagt er und hängt auf. Ich kämpfe mit den Tränen.

Eh ich wieder eine Waschmaschine hätte, wäre Deutschland durchgeimpft.

Nur wegen der Parkplätze.

Doch Könich kam. Noch am selben Tag. Mit dem Fahrrad! Er hatte sich einen Turnbeutel mit Werkzeug gepackt und stieg schnaufend die drei Treppen zu unserer Wohnung hoch. Dann sah er sich die Pumpe an und bestätigte, was wir schon wussten: »Die is' im Eimer.«

Er wischte sich die Hände ab. »Wie alt is' die, sagen Sie, zwölf Jahre? Da bau ick Ihnen nischt Neuet ein, nächste Woche ist der Motor kaputt und immer so weiter. Ick muss ma im Lager gucken, watt ick noch vorrätig habe. Mittlerweile gibt es ja auf manche Modelle sechs Wochen Wartezeit.«

Ich jaulte kurz auf.

Am Nachmittag desselben Tages war ich gerade bei meiner Psychotherapeutin, als er anrief. Ich hab ja damals direkt zu Beginn der Pandemie einen Nervenzusammenbruch gehabt und direkt meiner Therapeutin aufs Band geheult: »Ja, hallo, hier ist Lea Streisand. Sie haben bestimmt gerade schon total viel zu tun, aber falls Sie mal eine Minute Zeit hätten, wäre es echt toll, wenn Sie mich mal zurückrufen könnten. Es geht mir grad echt nicht gut.« Die letzten Worte gingen in Schluchzen unter. Ich dachte ja, allen ginge es so wie mir, aber sie rief gleich zurück und sagte: »Nee, Frau Streisand, Sie sind die Erste. Alle anderen sind noch wütend.«

Ich war schon ein bisschen stolz.

Nun saß ich in ihrer Praxis und erzählte ihr von der Waschmaschine. Wir waren bei unserem alten Thema: Dinge, die einem passieren, nicht persönlich nehmen. Da klingelte mein Telefon.

»Frau Streisand, hier Könich«, brüllte Herr Könich. »Ick hab hier eine Waschmaschine für Sie jefunden, 7 Kilogramm, 1.400 Umdrehungen ...«

Er ratterte lauter Zahlen herunter, die mir komplett egal waren. Ich wollte nur eins wissen: »Wann können Sie liefern?«

Könich stockte und sagte dann: »Wenn Sie wollen, jetzt gleich.«

Selten bin ich so glücklich von der Therapie nach Hause gegangen. (Sie kamen dann zu zweit mit Transporter in der Einfahrt. Aber einer blieb die ganze Zeit beim Auto. »Damit die uns die Karre nich' abschleppen. Wirklich schlimm hier bei Ihnen mitte Parkplätze.«)

3

Einen Monat später war der Herd kaputt. Beim Kuchenbacken. Schokokuchen.

Dreißig Minuten waren um, die Küche war schon fast wieder sauber. »Mach mal die Stäbchenprobe!«, rief ich meinem Ehemann zu, der sabbernd vor dem Backofen lauerte und in die Röhre starrte.

Mein Mann guckte mich empört an. »Ich mach doch jetzt keinen Coronatest«, rief er. »Ich will Kuchen!«

Der Gatte hat es bei einem Coronaselbsttest neulich geschafft, sich das Ding so tief in die Nase zu rammen, dass er von der darauffolgenden Niesattacke Nasenbluten gekriegt hat. Aber mein Mann schafft es auch, sich beim müden Augenreiben aus Versehen die Augenlider nach innen zu stülpen. Ja, keine Ahnung, fragt mich nicht. Ich dachte immer, ich wäre eine Meisterin der Selbstverstümmlung, aber mit ihm habe ich meinen Guru geheiratet.

»Du sollst den Kuchen pieken!«, rief ich zurück. »Ob er schon gut ist!«

»Der ist gut!«, rief der Gatte. »Das sehe ich.«

»Jemandem, der im Jahr 27 nach dem Tode Kurt Cobains immer noch karierte Holzfällerhemden für den Gipfel der

Modeschöpfung hält, vertraue ich nicht in optischen Fragen«, rief ich zurück. »Ich will Beweise!«

Ich erzähle euch jetzt nicht, dass er versucht hat, den Kuchen mit einem Nasenstäbchen anzupieksen, aber als die Pracht fertig war, ging die Röhre nicht mehr aus.

Alter Gasherd, vier Flammen und unten der siebte Kreis der Hölle. Sozialistisches Fabrikat. Übersteht auch den Atomkrieg. Aber wenn er zu lange in Betrieb war, rumste er vorwurfsvoll. Und die Röhre ging nicht mehr aus.

Mit der Zange haben wir den Knopf umgedreht bekommen. Offensichtlich vertrug der Herd keine Hitze. Das hab ich auch Herrn Lindner von der Firma Rohrfrei erzählt, den ich heute am Telefon hatte. »Herr Lindner, ich hab ja für alles Verständnis, aber ein Herd, der keine Hitze verträgt, da hört die Liebe dann doch auf.«

Herr Lindner seufzte. »Frau Streisand, Frau Streisand. Ansprüche haben Sie. Ick hab bloß nischt frei. Wir haben so ville zu tun. Die Leute reklamieren Kratzer, die haben die nie zuvor gesehen ...«

»Ick weeß«, erwiderte ich. »Wir hatten dasselbe Problem schon mit 'ner kaputten Waschmaschine. Die Leute sitzen zu Hause und optimieren ihre Wohnung.«

»Jenau«, sagte Herr Lindner und gab mir einen Termin für den nächsten Montag.

4

Freunde, ihr glaubt's nich'. Der Schnuller ist weg!!!

»Lea, du sollst doch keine Kindergeschichten!«, schimpft Jürgen König. »Sonst hab ich wieder Posteingang voll mit Hörerhassmails!«

Ja, Jürgen, okay, Herr König, Themenwechsel. Noch mal von vorne: Monteur war da. Gasherd repariert.

»Ich dachte, ich krieg ’nen Schrottschein«, sage ich.

Der Monteur ist ein großer dicker Mann Mitte 50, Brillenträger, kaputte Knie.

»Nee«, lacht er. »Ditt bezahlt die Hausverwaltung nich’. Wir ham einen Reparaturvertrag. Wir reparieren.« Er legt sich auf den Küchenfußboden. »Ditt Jerät is’ von ’98«, stellt er fest.

»Ich dachte, der wär’ ausm Osten«, sage ich. »Der sieht genauso aus wie der Herd, den meine Eltern und ich in den Achtzigern bei uns inna Hufelandstraße hatten.«

Der Monteur nickt. »Is’ ooch dittselbe Modell.«

Er schraubt vorne das Verdeck ab. Da, wo die Knöpfe drauf sind. Der Staub von 23 Jahren kommt uns entgegen. Der Monteur holt einen Gummischlauch aus seinem Koffer.

»Jetzt kriegt der Herd ’nen Einlauf verpasst«, murmele ich.

Der Monteur nickt und sagt: »Meine größte Angst ist immer, dass ick ditt falsche Ende in den Mund nehme.« Dann bläst er dem Herd die Löcher frei, tauscht noch den Backofenknopf aus und schraubt alles wieder zusammen. »Wahrscheinlich brennt der jetzt heißer als vorher«, sagt er.

Ich bin kurz sprachlos vor Ehrfurcht.

»Tut mir leid, dass Sie vorhin warten mussten«, sage ich dann. »Ich musste meinen Sohn in der Kita abgeben. Wir waren bei der Kinderärztin. Die hat gesagt, der Schnuller muss weg, und dann hat mein Sohn in der Kita eine Panikattacke bekommen. Hätten Sie nicht angerufen, würde ich jetzt noch da stehen.«

»Wie alt issa?«, fragt der Monteur.

»Drei«, sage ich.

»Da braucha den doch nich' mehr.«

»Nee«, sage ich.

»Soll ick den Schnuller verbrennen?«, sagt der Monteur. »Ick bin nämlich Schnullerfee im Nebenberuf.«

»Was, SIE SIND DIE SCHNULLERFEE???!!!!«, rufe ich. »Das ist ja großartig. Auf Sie warten wir schon ein halbes Jahr.«

Die Schnullerfee zuckt mit den Schultern. »Ja, Sie wissen ja, Corona, viel zu tun. Wir kommen mit die Aufträge kaum hinterher.«

Ja. Und dann hat die Fee den Schnuller verbrannt, und seitdem geht der Backofen wieder.

Die Geschichte hab ich meinem Sohn am Abend drei Mal erzählt. Und dann noch zwei andere. Lange keine so anstrengende Performance gehabt. Und selten eine so bedeutungsvolle.

Seither schläft mein Sohn ohne Schnuller. Und ich bin so erleichtert, als hätte er mit dem Rauchen aufgehört.

Und falls jemand fragt: Die Schnullerfee ist etwa eins neunzig groß, Mitte 50, trägt Blaumann, Brille und Bauch. Und sie kann Plaste in Backöfen verschwinden lassen.

Teresa Habild

Beim Frauenarzt

Ella Carina Werner

Eigentlich wollte ich ja über etwas ganz anderes schreiben. Über das Sterben der Hummeln in Mitteleuropa oder die Wiedergeburt des Sozialismus im 21. Jahrhundert, aber dann war ich beim Frauenarzt, und da ist mir was passiert.

Ein Besuch beim Frauenarzt haut mich normalerweise nicht gerade um. Ich war schon oft beim Frauenarzt. Bei einer Frauenärztin war ich aus unerfindlichen Gründen noch nie, aber die männlichen kannte ich alle. Da war in meinen Jugendtagen dieser große Hagere mit den sehnigen Händen, die immer ein wenig nach Tabak rochen. Da war in meiner Studentenzeit der kleine Dicke mit den Knopfaugen einer Bisamratte, die neugierig über den Brillenrand lugten. Da war in meinen späten Zwanzigern jener belgische Schwätzer mit den fusseligen Augenbrauen und dem braunen Cordsakko, das, wartend auf den Feierabend, immer an seiner Garderobe hing.

In der Gemeinschaftspraxis, in die ich schon seit vielen Jahren ging, gab es seit Kurzem einen neuen Frauenarzt namens Dr. Hansen, den ich noch nicht kannte, vor dessen Tür ich gerade saß.

Mir war das egal. Frauenärzte kamen und gingen. Es waren Dienstleister, so musste man es sehen. Reingehen, ausziehen, Brust durchkneten, zwischen die Beine leuchten, anziehen, und tschüss. Es war nicht viel mehr, als am Flughafen durchgescannt zu werden. Stets lag ich langmütig da, und wenn es besonders langweilig war, las ich auf dem Gynäkologiestuhl heimlich SMS. Meine einzige Sorge war es bisher gewesen, auf dem Stuhl nicht zu pupsen.

Und dann das.

»Hey! Sie sind Frau Werner?«

Schon das kumpelhafte »Hey« ließ mich unangenehm zusammenzucken.

Dr. Hansen stand in der Tür, winkte mich herein. Er war jung. Verdammt jung. So jung wie ich und noch jünger. Ich wusste nicht, dass sie so jung sein konnten. Er trug einen Dreitagebart und eine zeitgenössische Brille. Und er hieß auch jung: Jan-Felix, wie sein Namensschild verriet.

Wir setzten uns am Tisch einander gegenüber, und ich fühlte mit einem Mal ganz deutlich die Vergänglichkeit des Lebens. Na so was, dachte ich. Mit Vollgas brettern die Jahrzehnte an einem vorbei, die Kalenderblätter rauschen durch die Finger wie ein zu kurzes Daumenkino, und die Frauenärzte sind plötzlich jünger als man selbst.

Ich spähte unter die Tischplatte. Sneaker. Auch das noch.

»Wie fühlen Sie sich?«

Dr. Jan-Felix Hansen lächelte mich freundlich an.

»Gerade sehr alt«, sagte ich.

»Witzig, auf dem Festival war ich auch«, sagte er und zeigte auf mein bedrucktes T-Shirt.

Dr. Hansen besah die Pickel an meinem Kinn und stellte fest, sie seien vermutlich »menstruationsgetriggert«.

Ich erschrak. Nicht wegen der Pickel, die waren mir auch schon aufgefallen, sondern wegen der Wortwahl.

Dr. Hansen informierte mich, falls ich eine neue Verhütungsmethode anstrebe, sei es wichtig, mir vorab alle »Pros und Cons« durch den Kopf gehen zu lassen.

Ich erschrak noch mehr.

Er fragte nach der Regelmäßigkeit meiner Menstruation.

»Läuft bei mir«, versuchte ich, mich jugendsprachmäßig auf sein Level zu begeben, und hasste mich dafür im selben Moment.

Er sagte, die Pille jeden Tag immer zur selben Zeit einzunehmen, sei natürlich eine »Challenge«. Oder ob ich einer dieser »Verhütungsjunkies« sei?

Und ich dachte, wenn er jetzt noch von Billie Eilish anfängt, verlasse ich die Praxis.

Er war ein netter Mann, keine Frage. Ich hätte mich gerne mit ihm unterhalten, in einem anderen Zusammenhang. Nächtelang könnten wir zusammensitzen und über E-Bikes diskutieren oder diesen einen neuen feministischen Film. Wir könnten zusammen Haschplätzchen backen oder turkmenisches Tanztheater angucken, aber ich lasse mir von diesem dreißigjährigen Jungspund nur ungern erklären, wo mein Uterus ist.

Ich möchte nicht, dass mein Frauenarzt auf seinem Schreibtisch eine Spotify-Playlist geöffnet hat, und Himmel, was für eine gute. Ich möchte, dass mein Frauenarzt CDs hört. Viele CDs, am besten Doppel-CDs, und die CDs – lass es Brian Eno oder Bruce Springsteen sein – zieht er andächtig aus seinem turmhohen CD-Ständer in seiner verwitterten Villa am Stadtrand. Ich will, dass er weiße Haare in den Ohren hat. Ich will, dass er aussieht wie Meister Eder oder Frank Elstner.

Ich möchte, dass mein Frauenarzt am Abend ein gutes Gläschen Genever trinkt und sich im Anschluss *Gynäkologie zwischen gestern und morgen – die große Dokumentation* nicht reinzieht, sondern anschaut, auf VHS-Kassette, durch seine daumendicken Brillengläser, und dabei Erdnussflips nicht wegsuchtet, sondern isst, verdammt noch mal einfach isst.

Nach dem dritten Glas Genever flucht er ein Weilchen auf seine nichtsnutzigen Sprechstundenhilfen im Besonderen und das dritte Jahrtausend im Allgemeinen. Gegen Mitternacht verfasst er eine lange Rundmail an den örtlichen Rotary Club oder einen seiner hintersinnigen Aphorismen, für die er schon seit drei Jahrzehnten einen Verleger sucht.

»Herein in die gute Stube«, sagt er routiniert, sobald ich sein Behandlungszimmer betrete. »Wie geht es uns denn so?«, sagt er als Nächstes und »Auf Wiedertschüss« am Schluss. Liebevoll gerahmte Fotos von seiner Frau, seinen Kindern und Enkeln bevölkern seine Regalwand, und alle Enkel sind älter als ich.

Natürlich erzählt er zwischendurch Witze. Unfassbar schlechte, teils schlüpfrige Witze, so wie der Frauenarzt in meiner Heimatstadt, der auf dem Schreibtisch stets eine Kaffeetasse mit Brüsten darauf stehen hatte, Frauenärzte dürfen das. Meinetwegen kann er auch ein bisschen psychopathisch sein. Gynäkologen neigen dazu, davon hat man gehört.

»Frau Werner?« Eine gerade dem Stimmbruch entkommene Jungmännerstimme riss mich zurück in die Gegenwart. Dr. Jan-Felix Hansen sagte, wir kämen nun zum nächsten Programmpunkt auf unserer Setlist: »Brustkrebsvorsorge. Machen Sie sich bitte obenrum frei, das wär' nice.«

Da wurde mir etwas schlecht. »Ausziehen?«

Er lachte, als sei ich Jan Böhmermann und das Gesagte ein Bonmot von pointenstarker Wucht.

»Ja genau, ausziehen«, wiederholte er. »So wie Lena Dunham in *Girls*, wenn sie wieder mal nackt durch die Wohnung läuft.«

Ich sah mich um und dachte darüber nach, aus dem Fenster zu klettern, aber es war der vierte Stock. Ich dachte darüber nach, mich in einem der weißen Schränke zu verstecken, aber sein Ultraschallgerät würde mich vermutlich finden.

»Frau Werner, hallooo?«, fragte er, als ich barbusig und mit geschlossenen Augen vor ihm stand.

»Ich bin nicht mehr da«, sagte ich.

Und wenn ich gleich beim Abtasten plötzlich hysterisch kichern müsse, dann nur, weil ich sehr kitzelig sei, besonders am Brustgewebe.

Ich habe mir kurz darauf einen neuen Frauenarzt gesucht. Einen buckligen Alten mit Gebiss, der nicht mehr viel versteht und mich aus seinen milchig verklebten Augen schief angrinst. Ein Mann von Würde und Respekt. Er scheint halb blind, und sein Vaginalspekulum stammt aus dem 19. Jahrhundert. Er hat mir eine Stahlspirale verschrieben, ummantelt mit Asbest.

Jetzt gehe ich wieder gern zum Frauenarzt.

Airbnb

Jenni Zylka

Als bei einem privaten Abendessen mit Freund*innen neulich die siebte Flasche Markenchampagner geöffnet wurde und sie die gefüllten Kristallgläser salopp neben das Wiener Schnitzel aus Kobo-Rind mit Beluga-Kaviar-Soße schoben, wurde ich neugierig. Und fragte beim Black-Ivory-Kaffee (1.100,– Euro/kg) nach dem Grund für den neuerlichen Reichtum. »Seit die Kinder aus dem Haus sind, vermieten wir ihre Zimmer über Airbnb!«, sagten sie. »Wir verdienen sozusagen Geld im Schlaf.«

Wenn man noch zum Schlafen kommt. Ich fragte mich, ob es mich nicht doch stören würde, dass jemand Fremdes in der Wohnung schnarcht, wenn ich nachts haubitzenvoll nach Hause wanke. Oder umgekehrt. Oder wenn ich am nächsten Morgen nur mit einer Kopfschmerztablette bekleidet mit aufgeblasenen Backen zum Bad wanke. Vor allem, wenn dann das Speibecken besetzt ist.

Dennoch sah ich die Chance, informierte mich umgehend im Netz und untersuchte unsere Wohnung auf Mitwohnqualitäten. In einer Ecke hinter dem Bett, da, wo die gebrauchten Papiertaschentücher liegen, könnte man zum Beispiel einen kleinen Single-Wasserkocher deponieren, eine Plastikdose mit Teebeuteln, ein paar im Café geklaute Zuckertütchen und einen Eierbecher mit Nescafé dazu – fertig ist die Kaffee-Tee-Station! Ganz wie im Waldorf! Wenn ich die einzelnen

Socken beiseiteschiebe, kann der Gast zudem gern meinen Schrank mitbenutzen. Und unser zweites Handtuch liegt auch noch irgendwo, ich glaube, zusammengerollt zwischen den Doppelfensterhälften, um den Regen, die Kälte und die Käfer abzuhalten.

Im Wohnzimmer darf er sich natürlich auch gern aufhalten, wir sollten nur endlich die leeren Flaschen wegwerfen, dann hätten wir den Platz. Der Gast muss ja nicht unbedingt den Lehnstuhl benutzen, in dem meine sehschwache Mutter den ganzen Tag sitzt und raucht (habe ich erwähnt, dass ich noch bei ihr wohne?). Sie redet aber eh nicht mehr viel, und an den pfeifenden Atem gewöhnt man sich schnell.

Ansonsten müsste man dem Gast natürlich ein paar Eigenheiten der Wohnung zeigen, damit ihm der olle Gasherd nicht um die Ohren fliegt, wie uns das schon so oft passiert ist – man kann ja als Fremde*r nicht riechen, dass die vordere Flamme immer sofort 30 Zentimeter hochlodert. Und apropos riechen – wir wissen auch nicht genau, was das ist in der Küche, aber man gewöhnt sich dran. Vermutlich doch nur ausgelaufene Milch.

Vielleicht, begann ich mir auszumalen, könnte man den Gast ja sogar richtig persönlich kennenlernen – damit werben die Unterkunftsvermittlungen doch immer! Vielleicht kann der Gast ja auch kochen! Und putzen! Und einkaufen! Und Pediküre (da freut sich vor allem meine Mutter)! Man wird sich eh einigermaßen nahe kommen müssen – so groß ist unsere Wohnung nicht. Wir haben, ehrlich gesagt, auch kein separates Bett, aber das Problem habe ich auch schon gelöst: Unseren »gemütlicher Schlafplatz in Berlin« habe ich soeben unter der Überschrift »Pension Besucherritze« eingestellt. Ich freue mich über Zuschriften.

Stefanie Sargnagel

Wochenbett

Kirsten Fuchs

Nach der Geburt torkele ich rum, als hätte ich zu hart gefeiert.

Der Club heißt *Kaiserschnitt*. Die Drogen waren fett. Ich habe außerdem jemanden kennengelernt und mich tierisch verknallt. Die Füßchen, die Händchen, das Näschen, die weichen Haare.

Leider kann ich mich kaum bewegen. So ein Kaiserschnitt ist auf jeden Fall ein einschneidendes Erlebnis. Ich darf sechs Wochen keinen Sport machen, teilt mir die Hebamme mit. Ich tue schockiert, dabei macht das gar keinen Unterschied. Beziehungsweise, ich darf jetzt endlich keinen Sport machen! Sechs Wochen nur. Schade.

Das Wochenbett ist überhaupt nicht eintönig. Es bleibt immer die Frage, wann mir die Maus echt brutal dolle in die Brustwarze beißt. Und dann kommt der spannende Krimi »Die Stille vor dem Milcheinschuss«.

Nennt mich Jesusi. Ich kann aus Stilltee Milch machen.

Der Stillraum im Krankenhaus hat Milchglasscheiben. Ich bin müde und dumm, denke: Milchglas, haha, wegen Milch.

Ich würde gern nachts schlafen. Das Baby findet das unnötig. Wir werden einen Kompromiss finden. Bis dahin wird die Nacht zum Tag gemacht. So wie früher.

Der Säugling saugt und heißt darum auch Säugling. Nach dem Saugen ist es aber ein Rülpsling.

Das Baby hat auch eine Lieblingsbrust. Ich sage das dem

Mann. Der Mann sagt, das ist okay, seine Lieblingsbrust von mir sei eh die andere. Aber er fragt sich, ob ich, wenn ich mehr mit der Lieblingsbrust stille, die andere nicht verschlupfzitzen lasse. Ich bin mir sicher, das ist nicht der Fachbegriff dafür. Sollte es aber sein.

Dann bin ich endlich wieder zu Hause. Mann, ist das schön zu Hause. Habe eine neue Definition von schön: Schön ist, wenn nicht ständig jemand reinkommt und mir eine Thrombosespritze ins Bein rammt.

Der Mann schlägt abends vor: »Ich nehm die Kleine. Geh du mal 'ne Runde ums Haus.« Seid ihr schon mal 'ne Runde ums Haus gegangen nach einer Woche Krankenhaus und einer Woche Sofa? Alter! Ist Ums-Haus-gehen krass. Was für eine geile Droge! Schade, dass man erst mal eine Woche ins Krankenhaus muss, damit das richtig ballert.

Trotz Wochenbett ist es bei uns verblüffend sauber. Das liegt daran, dass das Baby einschläft, wenn es den Staubsauger hört. Bei der Großen damals hatte ich immer sehr fluffige Haare. Da war's das Föhngeräusch.

Schade, dass sich das verliert, denn das große Kind könnte ruhig auch mehr schlafen. Wenn es aus der Schule kommt, werde ich gleich mal den Föhn anmachen. Das große Kind kommt mir überhaupt im Vergleich zum kleinen Kind so unfassbar groß und aktiv vor. Wahnsinn! Wahnsinn ist auch, das große Kind pünktlich schulbereit zu bekommen, obwohl ich auf dem Sofa sitze und das kleine Kind stille, während der Mann mit dem Hund draußen ist. Ich nenne es: »Erziehen nach Gehör!« Ich kann jedes Klappern im Bad deuten und brülle dann: »Leg meine Bürste weg!« Denn meine Bürste klingt anders als ihre Bürste. »Wieso machst du den Föhn an?« Zack, ist die Große eingeschlafen und liegt auf dem

Duschvorleger. Ein paarmal hat mir das große Kind morgens Brei gemacht aus Obst, Haferflocken und Quark, damit ich das beim Stillen essen kann. Sie hat es mir ans Sofa gestellt und mir dann über den Kopf gestreichelt. Da musste ich weinen. Vor Glück. Und weil die Brüste wehtun. Schade, dass die Große zur Schule muss, sonst könnte sie mich füttern und mir vorlesen.

»Kannst du nicht noch bleiben?«

»Sei lieb, Mama! Ich bin doch heute Nachmittag wieder da.«

Als die Große weg ist, erschrecke ich kurz sehr doll: Oh Gott, ich glaube, ich habe gestern das Baby gar nicht fotografiert.

Der Mann kommt von der Gassirunde zurück. »Brauchst du was?«, fragt er, und ich sage: »Schlaf!« Er verdreht die Augen. »Okay, bringe ich dir nachher vom Einkaufen mit. Und davon abgesehen?« »Ich brauch mein Stillkissen.«

»Das ist doch kein Stillkissen. Das is'n völlig normales Kissen.«

»Klar ist das mein Stillkissen«, weise ich ihn zurecht. »Das ist mein Stillsofa und das meine Stilldecke. Ich bin wie König Midas mit Still. Alles, was ich anfasse, wird zu Still, und jetzt mach mir bitte eine Stillstulle.«

Er macht mir eine Stillstulle und danach den Einkaufszettel. »Brauchen wir noch was?«

»Schlaf!«, brülle ich.

»Haha!«, sagt er. »Nee, ernsthaft. Soll ich diese Saugeinlagen noch mal holen? Saugen die gut?«

»Das sind Stilleinlagen«, sage ich.

»Und soll ich die noch mal holen? Sind die schön still?«

Dann geht er einkaufen.

Beim Stillen schläft mir der Arsch ein. Ich meine nicht den Mann. Der ist ja einkaufen. Ich meine meinen Arsch. Da sitze ich stundenlang drauf, und dann schläft er ein, also bekommen wenigstens Teile von mir genug Schlaf. Vielleicht könnte ich regelmäßig auch Arme und Kopf abklemmen, und dann schläft mein Körper eben nicht als Ganzes, sondern immer teilweise.

Der Mann ist toll. Er steht nachts sofort auf, wenn ich ihn brauche, wickelt, trägt das Baby, aber stillen kann er eben nicht, und ich muss sowieso getrunken werden. Wenn das Baby nicht von allein wach wird, wecke ich es, damit es trinkt. Mir zuliebe. Einmal wollte ich abpumpen und das Baby schlafen lassen. Als ich gerade an der Milchpumpe hing, ging ein Auge des Babys auf, und es starrte zu mir rüber. Ich nahm sofort die Abpumpapparatur von den Brüsten, aber die Milch lief schon. Als wären zwei Wasserhähne aufgedreht, lief die Milch an mir runter. Das Baby öffnete das zweite Auge. »Es ist nicht das, wonach es aussieht«, sagte ich schnell. Die Unterlippe vom Baby bebte. »Nein, nein«, beruhigte ich. »Ich habe kein anderes Baby neben dir. Das ist deine Milch. Ich wollte das ja für dich abpumpen. Ich mag die Milchpumpe gar nicht. Wirklich. Es fühlt sich auch gar nicht so schön an.«

Dann geht erst das eine Auge vom Baby wieder zu, dann das andere.

Völlig bekloppt. Wir warten und wackeln und wiegen und summen ewig, bis das Baby schläft, und dann können wir nicht schlafen, weil das Baby so süß ist, wenn es schläft. Manchmal schauen wir sogar Fotos an, wo das Baby eine Woche jünger ist, und rufen: »Da sieht sie noch gaaanz anders aus!« Und: »Awwww, wie süß!«

Wenn das Baby von unseren Rufen aufwacht, wiegen wir es, damit es wieder einschläft und wir weiter in Ruhe Fotos ansehen können.

Wenn »stillen« »stillen« heißt, weil es dann still ist, müsste »komplett umziehen« »lauten« heißen, und wir müssen häufiger mal lauten, denn das Baby kann noch nicht durchschlafen, aber durchscheißen. Sogar die Socken. Hole ein neues Paar Söckchen aus der Wickelkommode. Denke über den Zusammenhang von Wickeln und Entwickeln nach. Das Baby zappelt und zieht sich immerzu die Socke wieder aus. Denke über den Zusammenhang von Wickelkommode und Wickelkomödie nach. Die kleinen Söckchen sind winzig, haben aber eine gummierte Stoppersohle. Warum? Damit das Baby nicht so schnell trinkt? Weil Babys ja auch immer im Flur so auf und ab rennen, lass mal Stoppersocken machen. Der Kapitalismus, ein Knallkopp!

Und die Eltern sind auch völlig weich im Kopf, der Schlafmangel, die Hormone, die kaufen alles. Ich kaufe vor allem Essen. In einem Buch steht: »Den Mehrbedarf fürs Stillen soll die Mutter aber nicht mit Schokolade und Kuchen abdecken.«

Okay, also Kekse und Torte.

Nichts darf man. Erst habe ich mit dem Rauchen aufgehört, dann mit dem Saufen, wegen Schwangerschaftsdiabetes mit Zucker, und jetzt darf ich nur noch einen Kaffee am Tag. Kaffee und ich schauen uns sehnsüchtig an, aber ich bin jetzt in einer Beziehung mit Getreidekaffee.

Ein Kaffee am Tag ist schlimmer als kein Kaffee am Tag. Der eine Kaffee am Tag soll nach dem Stillen getrunken werden. Nach dem Stillen ist vor dem Stillen. Es gibt kein Danach und Davor. Es gibt keine Tageszeiten. Ich sage nicht mehr

»Guten Morgen!« oder »Guten Abend!«, ich sage »Guten irgendeine Uhrzeit!«. Morgens weiß ich nur, wie viele Brüste später es ist. Manchmal weiß ich es auch nicht. Da sind mir die Brüste durcheinandergeraten.

Ich komme mir vor wie eine Kneipe. Ständig greint jemand vor mir rum und will saufen, liegt danach stundenlang weggetreten rum, rülpst und spuckt ein bisschen, grinst und macht zufriedene Meerschweinchengeräusche.

Aber wehe, ich will die Brust zu früh wieder einpacken. Es ist egal, ob das Baby noch daran trinkt oder nicht. Meine Brust soll einfach noch ein bisschen raushängen. Vielleicht sagt man unter Babys, dass gute Muttermilch atmen muss.

Nicht auszudenken, man würde sich im Restaurant wie ein Baby benehmen: ewig am letzten Bissen rumlutschen und immer schreien, wenn der Kellner nach einer Stunde den Teller wegräumen will. Wenn das Baby wirklich genug getrunken hat und schläft, träumt es danach vom Trinken, der Mund saugt vor sich hin. Das ist also »Lebe deine Träume!«.

Sisyphos hat vielleicht den Stein immer wieder den Berg raufgerollt, aber seine Frau Susiphos hat in der Zeit das Baby gestillt, gewickelt, gestillt, gewickelt, gestillt, gewickelt, gestillt, gewickelt ...

Autorinnen & Cartoonistinnen

sowie bibliografische Hinweise

Marina Barth ist seit 2001 Theaterchefin und künstlerische Leiterin des *Kabarett & Theater Klüngelpütz* in Köln. Sie hat seit 2001 mehr als 25 Kabarettprogramme geschrieben und gespielt, verfasste u. a. einen Kurzgeschichtenband, erschienen 2011 bei Ullstein, drei Romane, zwei Kriminalromane, einen historischen Roman über die jüdische Puppenspielerin Fanny Meyer (»Lumpenball«, Emons 2017), das Hörbuch »Die rote Pille« (Klüngelpütz Theater) zum Thema Desinformationskampagne der neuen Rechten sowie das Kriminalhörspiel »Volk und Fichte«.

Patti Basler ist Schweizer Autorin, Satirikerin, Kabarettistin. Die studierte Erziehungswissenschaftlerin begann ihre Bühnentätigkeit mit Poetry Slam und gewann im Jahr 2019 den Salzburger Stier. Bekannt ist sie im gesamten deutschsprachigen Raum als Instant-Protokollantin, sie fasst Gesagtes humoristisch und gereimt zusammen und trägt es direkt vor. www.pattibasler.ch

Victoria Helene Bergemann, kurz »VHB«, ist Jahrgang 1997 und wohnt derzeit in Berlin. Sie steht seit 11 Jahren auf Bühnen im In- und Ausland, als Comedienne im Fernsehen, als Moderatorin und v. a. auf Poetry-Slam-Bühnen. Außerdem ist sie mehrfache Preisträgerin des Bundeswettbewerbs »lyrix«

für junge Dichter*innen, Mitglied in der Kieler Lesebühne »Irgendwas mit Möwen« und veranstaltet nebenbei selbst Poetry Slams. Ihre Talkshow »Negativ am Nachmittag« gibt es seit 2019.

Daniela Böhle stammt aus Köln und lebt seit 1999 mit zwei Kindern in Berlin. Nach einem Kunstgeschichtsstudium und einem medizinischen Staatsexamen arbeitet sie heute beim Deutschen Zentrum für Luft- und Raumfahrt. Sie schreibt Romane, Kurzgeschichten und Hörspiele. Ihr Roman »Schmetterlinge aus Marzipan« erschien bei dtv. Ihr Jugendbuch »Mein bisher bestes Jahr – wer vorher nachdenkt, verpasst 'ne Menge« ist ebenso wie ihr neuester Roman »Überlebenstraining« im Satyr Verlag erschienen.

Martina Brandl ist Kabarettistin, Musikerin und Schriftstellerin. Neben der Anthologie »Frau Brandl macht es kurz« schrieb sie drei Romane, von denen »Halbnackte Bauarbeiter« und »Glatte runde Dinger« zu Bestsellern wurden. Mit ihren Soloprogrammen tourt sie seit 1997 durch Deutschland, Österreich und die Schweiz; sie ist bekannt aus TV-Sendungen wie *Ladies Night* und moderiert (als einzige Frau!) regelmäßig bundesweit in allen *Quatsch Comedy Clubs*. Im Radio sprach sie über zehn Jahre lang die Angela Merkel in der Kanzlerinnen-Soap »Angie – Die Queen von Berlin«. Aktuell ist sie auf Tour mit ihrem zehnten Soloprogramm »brand(L)neu«. www.martina-brandl.de

Ina Bruchlos wurde 1966 in Aschaffenburg geboren. Sie studierte Freie Kunst in Offenbach, Rotterdam und Hamburg, wo sie seit 1997 lebt. 2002 erhielt sie den Förderpreis für Literatur der Freien und Hansestadt Hamburg sowie 2004 den Publikumspreis zur Erscheinung des Hamburger Ziegels im Literaturhaus. Ina Bruchlos ist fester Bestandteil der Hamburger Lesebühnen »Hessenlesung – der Käs' im Gerippte« und »St. Pauli – eine große Liebe«. Zuletzt erschien ihr Geschichtenband »Suche Stehplatz Nord« bei Minimal Trash Art.

Katinka Buddenkotte wurde in Münster geboren, lebt und schreibt aber in Köln. Beides meist komisch. Dafür liest sie überall dort vor, wo sie gebraucht wird. In regelmäßigen Abständen geschieht das bei der Lesebühne »Rock 'n' Read«. Zudem verfasst sie Romane (z. B. »Eddie muss weg«, Satyr Verlag), Theaterstücke und ist Autorin für das TV-Format *Sträter!* (ARD).

Sandra Da Vina lebt und arbeitet in Essen, mit einem Spielplatz vor der Tür und in ihrem Kopf. Seit 2012 ist sie auf den deutschsprachigen Poetry-Slam- und Kabarettbühnen unterwegs. Im Jahr 2014 gewann sie die NRW-Landesmeisterschaften im Poetry Slam. Außerdem gibt sie Workshops zum kreativen Schreiben und war u. a. für das Goethe-Institut in Georgien tätig. Sie moderiert unterschiedliche Bühnen- und Streamingformate und arbeitet als Sprecherin. Buchveröffentlichungen: »Hundert Meter Luftpolsterfolie« (Lektora: 2016), »Vom Kuchen und Finden« (Lektora: 2018). Mehr unter www.sandradavina.com

Filolino alias Filomena Franke ist u. a. freiberufliche Illustratorin und veröffentlicht Zeichnungen und Musik auf Instagram (@filolino). Jedes Jahr macht sie einen Kalender mit Zeichnungen, die man am Ende eines Monats als Postkarte abtrennen kann. Neben ihren künstlerischen Tätigkeiten arbeitet sie in einem Videospielestudio. www.filolino.de

Kirsten Fuchs, geb. 1977 in Karl-Marx-Stadt, ist Schriftstellerin, Lesebühnenautorin und Kolumnistin und lebt in Berlin. 2003 hat sie den Open Mike gewonnen, 2016 erhielt sie den Kasseler Förderpreis für komische Literatur sowie den Deutschen Jugendliteraturpreis für ihren Roman »Mädchenmeute« (Rowohlt Berlin). Zahlreiche weitere Buchveröffentlichungen, zuletzt »Mädchenmeuterei« (Rowohlt Berlin). Sie schreibt regelmäßig Kolumnen für *Das Magazin* und ist Mitglied bei der Berliner Lesebühne »Fuchs und Söhne«.

Friederike Gräff ist Journalistin in Hamburg. Sie hat zwei Bücher veröffentlicht: »Warten. Erkundungen eines ungeliebten Zustands« (Ch. Links: 2015) sowie »Schlaf. 100 Seiten« (Reclam: 2019) und wartet seitdem darauf, dass ihr im Schlaf die Idee zum nächsten kommt.

Katharina Greve, 1972 in Hamburg geboren, studierte Architektur und lebt als Cartoonistin und Comic-Zeichnerin in Berlin. Neben Arbeiten für *Titanic, taz, neues deutschland, Frankfurter Allgemeine Sonntagszeitung* und *Das Magazin* veröffentlichte sie bisher eine Solo-Cartoon-Sammlung und sechs Comic-Bände. Für ihren Web-Comic »Das Hochhaus« erhielt sie 2016 den Max-und-Moritz-Preis für den besten deutschen Comic-Strip beim Internationalen Comic-Salon Erlangen. www.katharinagreve.de

Teresa Habild, 1979 in München geboren. Studium der Visuellen Kommunikation in Offenbach am Main. Lebt als freie

Cartoonistin und Illustratorin in Trier. Veröffentlichungen in zahlreichen Medien, wie z. B. der *Frankfurter Allgemeinen Zeitung, Charlie Hebdo* und den Satiremagazinen *Titanic* und *Eulenspiegel*. www.h-bild.de

Paula Irmschler (DDR) lebt »und arbeitet« in Köln, Frankfurt und der Deutschen Bahn. Bis ihr endlich rechtmäßig die *mobil*-Kolumne angeboten wird, ist sie Redakteurin bei *Titanic*, Kolumnistin beim *Musikexpress* und sogar Buchautorin (z. B. von »Superbusen«, Claassen: 2020). Ihr geht es gut.

Kittihawk begann anlässlich der Männerfußball-WM 2006 mit dem Cartoon-Zeichnen und lebt und arbeitet seither glücklich in ihrem humoristischen Paralleluniversum. Ihre Cartoons sind in Zeitungen, Büchern und auf www.kittihawk.de zu sehen.

Ninia LaGrande moderiert, schreibt und podcastet. Sie ist das weibliche Gewissen der Hannoverschen Lesebühne »Nachtbarden«. 2020 wurde sie mit dem Stadtkulturpreis Hannover ausgezeichnet. www.ninialagrande.de

Dorthe Landschulz wurde in Hamburg geboren und studierte in ihrer Heimatstadt und in Paris Illustration. Heute lebt sie als Cartoonistin und Illustratorin in der Bretagne. Ihre Cartoons veröffentlichte sie u. a. in *Titanic, Tierwelt Schweiz, taz, Spiegel Online, Eulenspiegel, Börsenblatt des Deutschen Buchhandels, Welt der Frau Österreich, heute-show Online, SHZ* und seit März 2019 wöchentlich im *Stern*. Sie gewann Preise für ihre Arbeit und hat bereits mehrere Bücher veröffentlicht. Ihre Cartoons gibt es auch im Netz, z. B.: facebook.com/EinTagEinTier

Julia Mateus, Jahrgang 1984, war nach dem Soziologiestudium in Hamburg als freie Autorin für die *taz* und *extra 3* tätig. Seit 2020 ist sie *Titanic*-Redakteurin und schreibt dort u. a. über Depressionen, den ICE und überschätzte Lebensmittel. Mehr unter: www.julia-mateus.de

Jacinta Nandi wurde 1980 in Ost-London geboren. Sie lebt seit 2000 in Berlin, schreibt auf Deutsch (u. a. für die *taz*) und auf Englisch (u. a. für *Exberliner*). 2013 erschien das Buch »Fish'n'Chips & Spreewaldgurken« mit Jakob Hein, 2015 folgte der autobiografische Roman »Nichts gegen blasen« (Ullstein). 2022 erschienen von ihr auf Englisch »WTF Berlin. Expatsplaining the German Capital« (Satyr) und auf Deutsch ihre zweite Nautilus-Flugschrift »50 Ways to Leave Your Ehemann«. Jacinta Nandi hat zwei Kinder, und sie lebt in Berlin-Lichtenrade.

Susanne M. Riedel hat mächtig Alltag, davon erzählt sie mit zartbitterem Humor, reichlich Wortwitz und heiterer Unerschrockenheit. Ihre Kurzgeschichten feiern das große Kino der kleinen Momente, ihr aktuelles Buch »Ich hab mit Ingwertee gegoogelt – Mein Leben in Autokorrektur« (Satyr: 2021) geht weg wie warme Schrippen; aus ihm ist auch der Text »So siehst du aus« entnommen. Sie ist 1971 in Berlin-Lichterfelde geboren und lebt auch heute mit ihrer Familie im geranienträchtigen Süden der Stadt. Mittlerweile gehört sie zur Stammbesetzung der Lesebühnen »Der Frühschoppen« und »Reformbühne Heim & Welt«. Mehr auf www.regenrausch.de

Rigoletti wurde als Marion Pfaus in Baden-Württemberg geboren. Sie lebt in Berlin. »Entspezialisierte Medienartistik«

nennt sie das, was sie tut. Sie dreht Kurzfilme, oft als Serie, arbeitet am Rückbau des neuen Berliner Stadtschlosses, schreibt Texte, will Bundespräsidentin werden, hält Vorträge und tritt live auf. www.rigoletti.de

Stefanie Sargnagel, geb. 1986, studierte in der von Daniel Richter angeleiteten Klasse der Akademie der bildenden Künste Wien Malerei, verbrachte aber mehr Zeit bei ihrem Brotjob im Call-Center, denn: »Immer wenn mein Professor Daniel Richter auf Kunststudentenpartys auftaucht, verhalten sich plötzlich alle so, als würde Gott zu seinen Jüngern sprechen. Ich weiß nie, wie ich damit umgehen soll, weil ich ja Gott bin.« Seit 2016 ist sie freie Autorin – und verbringt seitdem mehr Zeit bei ihrem Steuerberater. Sie erhielt den BKS-Bank-Publikumspreis beim Wettbewerb zum Ingeborg-Bachmann-Preis 2016. Ihre beiden Bücher »Statusmeldungen« (Rowohlt: 2018) und »Dicht« (Rowohlt: 2020) waren Bestseller, »Statusmeldungen« wurde für das Kino verfilmt.

Sarah Schmidt lebt als Schriftstellerin in Berlin. Sie war die erste und lange auch die einzige Frau in der Berliner Lesebühnenszene, zu der sie 20 Jahre lang gehörte. Sie veröffentlichte drei Romane und zwei Kurzgeschichtenbände, schreibt Kolumnen und Fortsetzungsromane für verschiedene Zeitungen und Zeitschriften. Schmidt erhielt mehrere Stipendien, u. a. vom Berliner Kultursenat und dem Ledig Rowohlt House in New York. Ihr Text »Es war nicht alles schlecht« stammt aus ihrem Buch »Bitte nicht freundlich« (Verbrecher Verlag: 2010). www.sarah-schmidt.de

Dagmar Schönleber ist Kabarettistin, Autorin und Liedermacherin. Nicht von Geburt an, aber von Herzen. In Ostwestfalen-Lippe aufgewachsen, dann im Auftrag der Völkerverständigung ins Rheinland emigriert, bespielt sie seit 2002 Bühnen und Ähnliches im gesamten deutschsprachigen Raum und veröffentlichte zwei Kurzgeschichtenbände, den Roman »Vierzig Fieber« (Satyr: 2014) und fünf Soloprogramme. 2018 gründete sie mit Carmela de Feo und Patrizia Moresco das jährlich stattfindende Frauen-Benefiz-Event »Sisters of Comedy«. 2022 erschien ihre Musikplatte »Dagmar und der Organismus« sowie ihr neues Kabarettsolo »Die Fels*in der Brandung«. Mehr unter: www.dagmarschoenleber.de

Katrin Seddig veröffentlichte fünf Romane (zuletzt: »Sicherheitszone«), alle bei Rowohlt Berlin, außerdem diverse Erzählungen und Essays in Zeitschriften und Anthologien. Dreimal bekam sie den Hamburger Literaturpreis, einmal den Hubert-Fichte-Preis und das Calwer Hermann-Hesse-Stipendium. Regelmäßig schreibt sie eine Kolumne für die *taz* und ist Mitglied der Hamburger Lesebühne »Liebe für alle«.

Lara Stoll, 1987 geboren und im Kanton Thurgau aufgewachsen, wurde Europameisterin im Poetry Slam und gewann 2021 den Salzburger Stier. Bühnenprogramme, Filmproduktionen mit dem Künstlerkollektiv »Bild mit Ton«, Musikprojekte und Veranstaltungen in schummrigen Kellern prägen das Leben der vielfach ausgezeichneten Künstlerin. Lara Stoll lebt und arbeitet in Zürich. 2021 veröffentlichte sie ihr erstes Buch »Hallo« im Echtzeit Verlag. Mehr auf: www.larastoll.ch

Lea Streisand, Jahrgang 1979, ist Schriftstellerin und lebt in Berlin. Jeden Montagmorgen liest sie auf *radioeins* vom rbb ihre Kolumne »War schön jewesen – Geschichten aus der großen Stadt«. Ihre *taz*-Kolumne erscheint monatlich unter dem Titel »Immer bereit«. Im März 2022 erschien ihr dritter Roman »Hätt' ich ein Kind« bei Ullstein und zeitgleich bei Jumbo als Autorinnenlesung. Er handelt von zwei Freundinnen, einer Schwangerschaft und einer Adoption. Eine Geschichte um Geduld, Blut und Bürokratie. Und Schneewittchen.

Mariella Tripke ist freie Autorin aus Köln, die mit scharfem Humor feministische und antifaschistische Tweets sowie bissige, sozialkritische Statements, Sketche und Stand-ups für viele Satire- und Comedyformate schreibt.

Ella Carina Werner wuchs als Tochter eines Psychologen und einer Bauchtänzerin auf. Bis 2021 war sie Redakteurin des Satiremagazins *Titanic* und schreibt dort seither die Kolumne »Rosen in Beton«. Sie veröffentlicht Satiren u. a. in der *taz*, dem *Missy Magazine* und der *Frankfurter Rundschau*. Außerdem ist sie Mitglied der Lesebühne »Liebe für alle« in St. Pauli. 2020 erschien ihr gefeierter Geschichtenband »Der Untergang des Abendkleides« im Satyr Verlag (aus dem die Geschichte »Beim Frauenarzt« stammt), über den *Spiegel Online* schrieb: »Wie Kafka nach einem guten Joint.«

Franziska Wilhelm, geb. 1981, lebt in Leipzig und arbeitet als Autorin, Poetry-Slammerin und Moderatorin. Sie ist Mitglied der Lesebühne »Schkeuditzer Kreuz« und moderierte neben Science Slams auch den Literatur-Podcast »Seite 37« auf detektor.fm und die Crossmedia-Show *MDR Sputnik Slamedy*. Sie hat verschiedene Literaturpreise und Stipendien erhalten sowie mehrere Bücher veröffentlicht. Der Text »Bitch sein« erschien erstmals 2018 in ihrem Erzählband »Die schönsten Abgründe des Alltags« im zwiebook Verlag. Mehr unter: www.franziska-wilhelm.de

Miriam Wurster verbrachte ihre Kindheit in einem Dorf auf der Ostalb. Später kam sie in die Großstadt Bremen und wurde Cartoonistin. Die Cartoons denkt sie sich standesgemäß in einer ehemaligen Kartonagenfabrik aus, u. a. für *Titanic, neues deutschland, Charlie Hebdo, taz* und *Weser-Kurier*. www.wurster-cartoon-blog.de

Felicia Zeller aus Berlin ist eine der meistgespielten Gegenwartsdramatiker*innen im deutschsprachigen Raum. Ihre Arbeit umfasst Theatertexte und Prosa, Kurzfilme, Medienprojekte und Lese-Performances. Sie studierte an der Filmakademie Baden-Württemberg. Mit ihrem Stück »Der Fiskus« begründete sie das neu ausgerufene Genre »Wirtschaftsdramatik«. Für ihr Werk erhielt sie zahlreiche Auszeichnungen, u. a. den Else-Lasker-Schüler-Dramatikerpreis 2020 für ihr vorliegendes Gesamtwerk sowie den Clemens-Brentano-Preis 2009 für ihr Prosadebüt »Einsam lehnen am Bekannten« (Lilienfeld Verlag: 2012), aus dem die hier abgedruckte Geschichte stammt. www.felicia-zeller.de

Jenni Zylka, seit 1988 Geheimagentin in Berlin, ist freie Kulturjournalistin mit den Schwerpunkten Film und Musik (u. a. für *Spiegel, taz, Tagesspiegel, Freitag, epd Film, Rolling Stone*), kuratiert Filme für die Sektion »Panorama« der Berlinale, moderiert Filmgespräche und Pressekonferenzen u. a. für die Berlinale, ist Kulturkommentatorin beim rbb, MDR, WDR und Deutschlandradio, schreibt Bestseller und Drehbücher, ist Jurorin beim Grimme-Preis, prüft Fernsehinhalte für die Freiwillige Selbstkontrolle Fernsehen FSF, schreibt für den Medienwatchblog »Altpapier« und unterrichtet Journalismus an der AMD Berlin. Ihre beiden Texte erschienen zuerst in der *taz*.

Überall erhältlich und bei www.shoptyr.de

Als Paar ergänzen sich Stan und Britta fast perfekt: Er sorgt dafür, dass sie trotz ihrer prekären Situation nicht den Lebensmut verliert. Sie verheimlicht ihm, wie aussichtslos die Lage tatsächlich ist. Gemeinsam brechen sie nach Brügge auf. Zu einem spontanen Wochenendtrip. Denkt Stan. Dabei folgt die Reise einem ganz anderen Plan. Denkt Britta. Doch dann nimmt Eddie auf dem Rücksitz ihres Volvos Platz, ein mysteriöser Fremder im Hermelinmantel mit Urne im Gepäck …

Katinka Buddenkottes neuer Roman ist ein wahnwitziger Roadtrip, eine Geschichte über die Liebe und ihre Vergänglichkeit: aufrichtig, humorvoll, ohne Klischees und voller Lebenshunger.

»Katinka Buddenkotte schafft es, über die letzten Fragen des Lebens mit Tiefgang und Klugheit zu schreiben und dabei durchgehend schreiend komisch zu bleiben.« (WDR 5)

Katinka Buddenkotte
Eddie muss weg
Taschenbuch-Ausgabe, 285 S., 12 €
ISBN: 978-3-947106-44-8

SATYR VERLAG

Überall erhältlich und bei www.shoptyr.de

Für eine Frau jenseits der dreißig steckt die Gegenwart voller Fragen: Kann man jetzt noch eine Punkband gründen? Sind Viererbeziehungen nicht doch besser als Zweierbeziehungen? Wenn man dem Mann den Rücken krault, ist das schon unbezahlte Care-Arbeit? Und wann beginnt endlich die soziale Weltrevolution?

Die Titanic-Kolumnistin Ella Carina Werner gehört zu den besten Satiriker*innen Deutschlands. Sie ist eine ebenso warmherzige wie gewiefte Geschichtenerzählerin und eine der humorvollsten Kämpferinnen für den Feminismus.

»Ich freue mich so über dieses Buch, ich küsse den Boden, auf dem es geht.«
Margarete Stokowski

»Hier gluckert das reine Wasser der Satire. Wie Kafka nach einem guten Joint.«
spiegel.de

Ella Carina Werner
Der Untergang des Abendkleides
Hardcover, 172 S., 18 €
ISBN: 978-3-947106-48-6

SATYR VERLAG